Tom Coração Leal

IAN BECK

A História Secreta de
TOM CORAÇÃO LEAL

O menino aventureiro

Tradução de
RAQUEL ZAMPIL

galera
RECORD

Rio de Janeiro | 2010

CIP-BRASIL. CATALOGAÇÃO-NA-FONTE
SINDICATO NACIONAL DOS EDITORES DE LIVROS, RJ

Beck, Ian

B355h   A história secreta de Tom Coração Leal – o menino aventureiro / Ian Beck; tradução
Raquel Zampil. – Rio de Janeiro: Galera Record, 2010.

Tradução de: The secret history of Tom Trueheart
ISBN 978-85-01-08365-4

1. Literatura infantojuvenil inglesa. I. Zampil, Raquel.
II. Título.

10-0296

CDD: 028.5
CDU: 087.5

Título original em inglês:
The Secret History of Tom Trueheart

The Secret History of Tom Trueheart foi publicado originalmente em inglês em 2006. Esta tradução foi publicada mediante acordo com Oxford University Press.

Texto revisado segundo o novo Acordo Ortográfico da Língua Portuguesa.

Direitos exclusivos de publicação em língua portuguesa somente para o Brasil adquiridos pela
EDITORA RECORD LTDA.
Rua Argentina 171 – Rio de Janeiro, RJ – 20921-380 – Tel.: 2585-2000
que se reserva a propriedade literária desta tradução

Impresso no Brasil

ISBN 978-85-01-08365-4

Seja um leitor preferencial Record.
Cadastre-se e receba informações sobre nossos lançamentos e nossas promoções.

Atendimento e venda direta ao leitor:
mdireto@record.com.br ou (21) 2585-2002

A Terra das Histórias

Portão do Norte

Portão do Leste

Portão do Oeste

Portão do Sul

Ilha do Felizes para Sempre

Terra das Histórias Sombrias

Parte Um

O Começo

Capítulo 1

Era uma vez, há muito, muito tempo, um jovem chamado Tom Coração Leal, que vivia perto da Terra das Histórias. Era o caçula da famosa família de aventureiros Coração Leal. Ele morava muito longe daqui, mais distante ainda dos nossos dias, em uma casa de madeira entalhada e pintada, perto de uma movimentada encruzilhada, na margem de uma floresta densa e escura, no tempo das fábulas. Ele morava com sua bondosa mãe e os seis irmãos mais velhos.

Os seis irmãos mais velhos de Tom tinham todos um nome derivado de João: *João Pateta, João Sortudo, João o Matador de Gigantes, João Mata Sete?*

Esses Joões eram conhecidos e celebrados por toda parte. João, Juca, Joca, Joãozinho, Juan e Jean eram jovens muito altos, muito fortes, muito valentes e muito barulhentos. Quando todos estavam em casa, a casinha de madeira ficava tão barulhenta, tão cheia de Joões, que quase vinha abaixo. Todos os seis irmãos eram famosos por uma boa razão.

Eram esses seis bravos irmãos, esses mesmos seis fabulosos e heroicos Joões que haviam participado das mais difíceis, assustadoras, românticas e emocionantes aventuras que já aconteceram na Terra das Histórias.

Todas as grandes histórias haviam acontecido a um João.

Com o passar dos anos, o caçula, Tom Coração Leal, havia se tornado um menino prestativo, bondoso e cheio de imaginação. Ele não era alto nem forte para sua idade, como todos os irmãos tinham sido; era, ao contrário, pequeno e franzino. Seus cabelos eram escuros e naturalmente cacheados, ao passo que os outros tinham cabelos lisos, que mantinham compridos, como os de um guerreiro viking.

O cabelo de Tom era difícil de domar e, nas raras ocasiões em que ele deixava, a mãe passava um tempo enorme tentando penteá-lo. Os cabelos formavam cachos tão rebeldes e enroscadinhos que parecia que ele estava permanentemente correndo contra o vento. Os olhos também eram escuros, como os da mãe, e não o azul-claro do pai e dos irmãos.

Desde muito pequenino ele tinha pesadelos depois de ouvir as histórias apavorantes das aventuras dos irmãos. Sonhava com lobos espreitando nos cantos mais sombrios da floresta, com dentes enormes e baba escorrendo pela mandíbula. Sonhava com ogros e gigantes, masmorras escuras e vilões sorridentes de manto negro. Mesmo quando estavam apenas Tom e a mãe em casa, e eles tinham uma rara noite de tranquilidade, só os dois, ela insistia para que se aconchegassem lado a lado diante da grande lareira (daquelas tão grandes que é possível sentar-se dentro) e não resistia a lhe contar uma ou duas das velhas histórias, verdadeiramente assustadoras. As histórias, afinal, eram o negócio da família...

Mas havia apenas um detalhe: Tom trazia no coração um segredo que o afligia. Um segredo que ele mantinha bem trancado dentro dele. Tom era diferente dos irmãos mais velhos em um aspecto muito importante. *Ele não era nem um pouco valente.*

Capítulo 2

O pequeno Joliz Brownfield, aprendiz de duende, corria pela floresta como um fantasma, envolto em seu manto escuro. Ele se deslocava ligeiro e em silêncio. Seus pés estalavam e dançavam sobre os montes de folhas congeladas. O primo Cícero lhe havia confiado sua primeira missão sozinho, e Joliz certamente não queria decepcioná-lo. Estava muito nervoso, tentando não cometer nenhum erro. Ele apalpou a bolsa que carregava a tiracolo, sentindo o formato do envelope que estava ali dentro. "Ufa", pensou ele, "ainda está aqui, em segurança." Em algum lugar próximo, ouviu o regougar fantasmagórico de uma raposa, e Joliz quase morreu de susto de tão perto que soou. O ar estava muito frio e não demoraria para que a floresta fosse coberta pelas primeiras neves do inverno.

Joliz logo encontrou a casa. Era exatamente como Cícero a descrevera. Estava aninhada entre as árvores na margem da floresta, perto da encruzilhada que levava aos Quatro Portões e às estradas sempre cheias de aventureiros. A casa estava escura e parecia que todos ali dormiam, a não ser por uma fina coluna de fumaça que escapava da chaminé, e a luz fraca de uma lanterna que pendia do beiral na pequena varanda e parecia dizer "Bem-vindo, viajante".

Ainda entre as árvores, Joliz estudou a casa; era muito importante que ele não fosse visto em hipótese alguma. Havia três janelas de água-furtada ao longo da frente da casa e três nos fundos, que davam para a pequena horta cercada. Havia ainda a janela do sótão, um pouco menor, no telhado.

— Aquele deve ser o quarto de Tom — disse Joliz para si mesmo enquanto atravessava furtivamente a estrada e ia até a porta lateral. — Agora com muito cuidado — sussurrou ele. — Lembre-se de seu treinamento.

Abriu a porta e, como um fantasma, misturou-se às sombras na cozinha. Ficou parado na penumbra e colou a orelha à porta que levava ao interior da casa. Pôde ouvir o leve crepitar de um bom e aconchegante fogo e uma voz profunda contando uma história que parecia emocionante (Juca tinha voltado recentemente de uma aventura). Ele quase tropeçou em uma bota de sete léguas (a bota preferida de todos os aventureiros) com a sola descolada, que fora deixada no chão logo à entrada. Depois disso, levou apenas um momento para completar sua primeira missão. Quando terminou, examinou o resultado de muitos pontos diferentes do cômodo. Ficou satisfeito. Havia seguido as instruções de Cícero ao pé da letra e tão fielmente quanto possível — missão cumprida.

De repente, ouviu um grito e um estrondo de gargalhadas vindos de trás da porta fechada, o que fez seu coraçãozinho bater mais rápido.

— Já chega por ora, jovem Joliz — sussurrou ele e voltou silenciosamente à floresta fria, logo desaparecendo como uma sombra em meio às árvores.

Naquela noite, assim como em tantas outras noites semelhantes, na subida para seu minúsculo quarto no sótão, os irmãos de Tom zombavam dele e o provocavam. Emitiam sons semelhantes a uivos enquanto Tom subia os degraus. Enfiavam as cabeças grandes e cabeludas pelos intervalos das colunas no corrimão e davam a língua para ele.

— Só estão brincando com você — disse a mãe, quando lhe deu um abraço de boa-noite. — Não fazem por mal. Eles são rebeldes, grandes e corajosos, e só estão tentando endurecer você para que seja como eles. E sabe de uma coisa, Tom Coração Leal? Um dia será o mais durão deles, e à sua própria maneira. Sua vez chegará, não tenha medo. Ora, você ainda é muito jovem para se preocupar com aventuras naquele mundo grande lá fora. — E ela riu, bondosa, dando-lhe um beijo na testa e desmanchando seus cabelos.

Quando a mãe fechou a porta, Tom olhou a floresta escura lá fora e o mundo imenso além da cerca da horta. As árvores, com seus mistérios ocultos, pareciam aglomerar-se próximas demais de sua janela. "Vou fazer 12 anos daqui a um mês", pensou ele. Mal posso esperar. Dentro de Tom, lá no fundo, havia uma parte secreta que se sentia pronta a encarar uma aventura, enfrentar um vilão, fosse ele animal ou humano. Sua mãe e o bando de irmãos indisciplinados sempre o tratavam com caçoadas, mas com carinho, como o caçula da família. O que o animava era a ideia de que um dia poderia lhes mostrar que também era capaz de agir com audácia e bravura.

Capítulo 3

Os Escritórios da Agência de Histórias

Nas profundezas da floresta invernal, bem distante do jovem Tom, de sua mãe e de seus irmãos, ficavam os escritórios centrais da lendária Agência de Histórias. Era um antigo e secreto grupo de prédios. No topo do mais alto de seus íngremes telhados cinzentos havia um relógio, e em cima deste via-se um cata-vento de ferro no formato de uma bruxa e seu gato montados em uma vassoura. Perto do cata-vento havia uma coruja entalhada. A coruja segurava uma pena em suas garras; ela presidia à Agência de Histórias e ao Grêmio de Histórias como seu sábio e pensativo mascote.

O Irmão J. Ormestone, um criador sênior de histórias, olhou para o relógio acima de sua mesa. Chegaria atrasado à reunião da manhã, mais uma vez. Pôs-se imediatamente de pé, como um gélido sussurro. Subiu a escada em espiral até a sala de conferência no último andar. Quando abriu as portas de carvalho e foi recebido por um mar de rostos com expressão desaprovadora — seus irmãos copistas, desenhistas, planejadores e contadores —, estava de fato bastante atrasado.

— Sinto muito, Mestre — sussurrou ele, e enquanto falava a temperatura tornou-se perceptivelmente mais fria. — Eu estava tão ocupado que receio ter perdido a hora.

— Bem, não se preocupe com isso agora. Tenho certeza de que, como sempre, você é muitíssimo bem-vindo, Irmão Ormestone — replicou o Mestre, com um sorriso benevolente.

A manhã passou enquanto Ormestone resumia seus mais recentes projetos de histórias, os quais ele havia polido ao longo das últimas semanas.

— Se me permite, Mestre — disse o Irmão Ormestone —, andei reformulando completamente as ideias para a história que discutimos em nossa última reunião. — "A Aventura da Linda Princesa Branca de Neve e os Dezessete Anões". Na segunda metade da história, ao permitir que a jovem Branca de Neve escape ao caçador e sua faca, ela pode então ser encontrada no bosque e abrigada pelos 17 anões. Ou *ela* mesma pode encontrá-los em meio ao pânico de sua fuga. Vamos usar a área nordeste, as florestas profundas nas montanhas, se nosso irmão Tesoureiro puder fornecer um chalé lindamente arrumado, bem escondido, onde 18 pessoas possam morar.

— O chalé não vai ser problema, existem vários que podemos preparar — afirmou o tesoureiro, uma figura sisuda vestida de cinza, sentada na outra extremidade da mesa. — Agora os 17 anões, *esses* sim são o seu problema: posso fornecer um máximo de sete para cada história.

— Sete — repetiu o irmão Ormestone em sua voz mais assustadora. — Sete. Deus meu, Deus meu, não. Trabalhei muito duro nesta história e ela definitivamente envolve 17 anões de caráter variado e um tanto *deformado*, receio. — Ele enfatizou a palavra "deformado" de tal maneira que fez arrepiar a pele do mestre, e então o Irmão Ormestone riu um tanto alto demais, mostrando os dentes grandes e amarelados.

— Impraticável, Irmão Ormestone. Seria caro demais montar a história com esse número — disse o tesoureiro.

— Demais para desenhar, de qualquer forma. Eu não conseguiria incluir todos na página — disse um pequeno e maltrapilho Irmão Desenhista sentado ao lado do tesoureiro.

— Em todo caso, Ormestone, já ouvimos o bastante por ora. Como sempre, ultimamente, você foi longe demais no planejamento das histórias — disse o Mestre, sacudindo a cabeça. — Não resta nada para os aventureiros de fato fazerem. Os projetos de suas histórias estão ficando cada vez mais longos. É quase como se você estivesse tentando se livrar de vez do papel dos aventureiros. Você conhece as regras tanto quanto nós. Sugerimos apenas o começo das coisas. Preparamos tudo para os aventureiros, e eles completam a aventura. Não cabe a nós embrulhar tudo para eles com uma fita com nosso nome gravado nela.

O Irmão Ormestone sentou-se, cheio de ódio e constrangimento. Ultimamente era o que sempre acontecia, sua gradual e completa humilhação. Um mero copista o olhou do outro lado da mesa de conferência e abanou a cabeça com pena. Pena, de um copista! O Irmão Ormestone deu uma súbita e áspera risada enquanto agarrava com os dedos ossudos a pilha de papéis soltos.

— É assim — disse o tesoureiro, olhando com dureza para o Irmão Ormestone, e repetiu: — Sete, no máximo.

O Irmão Ormestone arrastou-se, relutante, de volta ao seu escritório escuro e cheio de teias de aranha. Ele fervilhava de raiva. Como sempre, fora desautorizado. Como sempre, aqueles impostores dos Coração Leal seriam enviados em aventuras criadas por gênios de verdade como ele, que poderia terminar as histórias muito melhor do que os aventureiros jamais conseguiriam. Não havia mesmo nenhuma justiça na Terra das Histórias. Se houvesse, ele próprio seria enviado para atuar nessas histórias. Resgataria a princesa. Derrotaria o lobo. Usaria a coroa. Mais uma vez fora humilhado, e mais uma vez a desgraçada família Coração Leal ganharia os louros. Bem, isso bastava para Julius Ormestone. Ele mostraria a eles, mostraria a todos eles. Fora ridicularizado e rejeitado incontáveis vezes, mas o Irmão J. Ormestone, criador de histórias, logo se vingaria da família Coração Leal. Durante o tédio daquela reunião de planejamento de histórias, um plano gigantesco e maléfico se formara, de modo súbito, em sua mente distorcida, inteligente e horrivelmente criativa.

Capítulo 4

O café da manhã era sempre uma hora agitada e barulhenta na casa dos Coração Leal. Grandes tigelas de madeira, cheias de mingau, chocavam-se ruidosamente, transbordavam e derramavam, de uma ponta à outra da mesa. Tom sempre ajudava a mãe. Ele mexia o mingau e então o servia com uma grande concha também de madeira, e depois arrumava tudo, limpando travessas e tigelas. Enquanto isso, os irmãos mais velhos brigavam uns com os outros por causa dos potes de mel, passavam manteiga nos cabelos uns dos outros e atiravam bicos de pão por toda a cozinha até que a mãe desse um cascudo na cabeça de um deles.

A principal tarefa após o café da manhã no começo de uma nova temporada de histórias era verificar se tinha sido feita uma entrega. Havia um envelope escondido em algum lugar da casa? Se todos os irmãos estivessem em casa juntos, então, com toda a certeza, durante a noite um envelope teria sido silenciosa e misteriosamente entregue.

Na manhã seguinte ao retorno de Juca, após a noite em que ele contara sua história, foi encontrada uma carta. Os arranjos da entrega das cartas eram um negócio secreto dirigido pelos duendes. As cartas costumavam ser atadas com uma fita de tecido muito fino, a mais fina e delicada das fitas, tecida pelos duendes. Eram então presas sob uma lâmpada de teto ou deixadas penduradas em uma maçaneta, ou em algum outro lugar. Foi Juan quem encontrou a primeira carta da temporada. Estava escorada no pórtico da cozinha, projetando-se do alto do cano de uma lamacenta bota de sete léguas, onde o jovem Joliz a deixara na noite anterior. Juan a apanhou e a levou para Joãozinho.

— É para você — disse ele.

— Bem, pessoal — anunciou Joãozinho com um sorriso, erguendo os olhos da carta. — Desta vez vou ser um príncipe; um progresso. Uma promoção depois de meus costumeiros lenhadores, hein, mãe?

— Nada além do que você merece, Joãozinho. Aqui, leve este cajado, e também vai precisar de um casaco de inverno agora que o tempo está mudando. — Ela foi olhar o céu cinza-escuro acima das árvores e estremeceu. O pai deles, João Grande, havia partido no inverno, e nunca mais retornara, e a mãe sempre ficava preocupada quando os filhos partiam em suas aventuras no tempo frio. Ela estendeu sobre a mesa um pedaço quadrado do tecido do algodão "Coração Leal" e embrulhou nele todas as coisas do lanche.

Os lanches dela eram um dos rituais de uma manhã de aventuras. Em geral ela punha uma boa fatia de queijo curado, um pedaço crocante de bolo de aveia, metade de um pão integral de centeio, um punhado de frutas secas, uma maçã, uma ou duas salsichas cozidas, um jarro pequeno de cerveja escura e uma garrafa de água. Então amarrava bem a trouxa de guloseimas no topo de um robusto cajado.

Joãozinho apanhou sua espada com a bainha, e a velha e surrada sacola de viagem. Ele pôs a carta e alguns mapas na sacola, e pendurou seu casaco quente de inverno, assim como o escudo redondo, nos ombros largos. Os irmãos todos se aglomeraram no corredor e lhe desejaram boa sorte na aventura. Não resistiram a caçoar dele, que tinha uma queda por princesas.

— Encontre uma bela princesa para você e tente conservá-la desta vez, hein, Joãozinho — gritaram eles. — Já é hora. — E todos riram.

Joãozinho balançou a cabeça, mas tinha um sorriso tímido no rosto o tempo todo.

— Muito bem, então, mãe — disse ele, enquanto erguia o cajado até o ombro e se encaminhava para a porta. — Estou pronto.

Tom abriu a porta para o irmão e um redemoinho de vento frio entrou de repente na cozinha aconchegante. Tom estremeceu e Joãozinho apertou mais o casaco em torno de seu corpo e desarrumou o cabelo de Tom.

— Adeus, então, jovem Tom — disse ele. — Tome conta de nossa mãe. Voltarei para o seu aniversário com uma história novinha em folha para contar para vocês todos.

A mãe disse:

— Agora ouça, Joãozinho, basta que você volte são e salvo. E que tal um beijo em sua mãe?

Joãozinho se virou e deu um beijo ligeiramente constrangido na bochecha da mãe.

— Agasalhe-se bem, hein — disse ela, e deu um tapinha carinhoso nas costas do casaco, enquanto ele se afastava.

Tom, a mãe e os irmãos aglomeraram-se na varanda e observaram Joãozinho dirigir-se para a encruzilhada. Sua mãe continuou acenando muito tempo depois de ele desaparecer na esquina, mas Joãozinho não olhou para trás nem acenou. Ele simplesmente prosseguiu marchando, a cabeça erguida, e, enquanto caminhava batia com firmeza seu cajado de aventureiro para cima e para baixo na estrada.

Capítulo 5

Um por Um, Eles Saem da Floresta

Nas semanas que precederam o décimo segundo aniversário de Tom, Cícero e o jovem Joliz se alternavam nas visitas noturnas à casinha de madeira na margem da floresta. O jovem Joliz ganhava confiança a cada carta que entregava, e sucessivamente as cartas da Agência de Histórias dirigidas a cada um dos irmãos foram encontradas. Depois que Joãozinho partiu, orgulhoso, para assumir o papel de príncipe, foi a vez de Jean. Sua carta estava amarrada com fita de duende e pendia de um dos cajados de carvalho no corredor.

— Eu também vou ser um príncipe, mãe — disse ele, numa manhã, enquanto comia mingau. — O meu portão é o do sul, e tenho uma longa caminhada pela frente, mas para finalmente fazer o papel de príncipe vai valer a pena.

— Seu pobre pai nunca chegou a fazer um príncipe — disse a mãe tristemente, e enxugou o olho com a ponta de um guardanapo. Os outros fitaram, abatidos, suas tigelas de madeira por um instante, até que João soltou um arroto que fez tremer as janelas, o que, como sempre, quebrou o gelo.

Outras cartas logo foram encontradas. Uma era endereçada a Joca, e na manhã seguinte havia outra endereçada a Juca, estava escondida dentro da grande panela de cobre.

Numa outra manhã, a carta de João foi encontrada do lado de fora, no telheiro, enfiada em uma das ripas do balde de leite feito de madeira. Ele agitou o envelope acima da cabeça e deu língua para o irmão Juan, que agora certamente seria o último dos irmãos Coração Leal a receber sua carta.

— Então, mamãe e todo mundo, vamos ver que tipo de príncipe a Agência de Histórias quer que eu seja. — Com um grande sorriso de expectativa no rosto, ele rasgou o envelope, abrindo-o, mal parando para apreciar o nome e o endereço escritos na linda caligrafia.

— Bem, então, mãe — disse ele, depois de ter lido —, seria melhor você ir preparar meu lanche de aventureiro, se não se importa. — Ele dobrou a carta e a enfiou em sua túnica.

— Espere aí — disse Juan. — Não tão rápido assim, meu caro João. De repente, você parece muito tímido em nos dizer exatamente que tipo de príncipe querem que você seja.

— A Agência de Histórias me tem em tão alta conta que simplesmente querem que eu seja... eu mesmo — disse João. — Vou fazer o papel de João. — E fez uma pose heroica, segurando um balde de leite bem acima da cabeça.

— Apenas o bom e velho João. Vou entrar na Terra das Histórias pelo portão do oeste; e então veremos.

Juan mostrou a língua para João, e este atirou os restos da manteiga do café da manhã na cabeça de Juan. A mãe deles deu um cascudo rápido e certeiro perto da orelha de João.

— Isso é por desperdiçar manteiga boa — disse ela. — De qualquer forma, parem com essa briguinha de bebês e vejam o que encontrei na despensa enquanto vocês dois se exibiam na frente do pequeno Tom aqui. Estava em uma folha de alface entre dois pedaços do meu melhor queijo.

Ela segurava um envelope de aparência familiar, escrito com uma letra de aparência também familiar. *"Da Agência de Histórias"*, dizia, *"Estritamente Confidencial. Aos Cuidados do Sr. Juan Coração Leal, Aventureiro."*

— Veem? Aqui está a carta de Juan, afinal, e agora cada um de vocês tem sua própria história designada, e portanto não vai mais haver brigas.

Juan pegou o envelope e com grande e deliberada lentidão começou a abri-lo, cortando a parte de cima muito cuidadosamente com sua faca. Juan leu sua carta, e levou muito tempo nisso. Parecia saboreá-la, engolindo-a com as colheradas de mingau enquanto lia. Então ergueu os olhos sorrindo, dobrou a carta e a enfiou no cinto.

— Bem, buuu para você, João. Parece que eu também vou ser um príncipe.

— Ah, certo — disse João. — Como é que eu faço um pobre e simplório camponês o tempo todo, e vocês todos vão ser príncipes elegantes, isso eu gostaria de saber.

— Sua vez vai chegar, João — disse a mãe.

— Você parece um camponês, é por isso — afirmou Juan.

— Ah, certo, então me diga exatamente o tipo de príncipe que você vai ser, seu bobalhão? — perguntou João.

— Eu vou ser um príncipe *hum-hum* — disse Juan, e tossiu estranhamente por cima de uma das palavras ao pronunciá-la, como se para ocultá-la.

— Desculpe, eu não entendi. O que você disse? — perguntou João.

— Eu disse que vou ser um príncipe sapo — respondeu Juan, sussurrando e falando baixinho aquela palavra crucial, ao mesmo tempo que corava, ficando vermelho de vergonha.

João pressentiu a oportunidade de fazer uma travessura e seus olhos se acenderam. Tom e a mãe se entreolharam, confusos.

— Desculpe — disse João —, ainda não conseguimos entender, sua alteza. Seria algo como príncipe "farrapo".

— Eu disse UM PRÍNCIPE SAPO! Muito bem, vamos, ria, ria tudo que puder, mas pelo menos eu vou *ser* um príncipe de verdade.

— Ah, certo — disse João, rindo com vontade —, um bem pequeno e verde, com membranas entre os dedos. E nada de princesa para você, a menos que seja a Princesa Cara-de-Rã, naturalmente.

A mãe rapidamente colocou um ponto final na discussão dos dois com a ameaça de um tapa na orelha de ambos.

— *Croac, croac* — disse João, apontando para Juan com um grande sorriso estampado no rosto.

João foi o primeiro dos dois a partir naquela manhã. Ele tomou a direção da encruzilhada, ainda implicando com o irmão, imitando ocasionalmente um sapo. A última coisa que ouviram quando João dobrava a esquina, antes de desaparecer de vista, foi um alegre gritinho de provocação, ao longe: "*croac, croac*".

Juan só partiu após um almoço substancial. Ele prometeu a Tom que voltaria a tempo para o seu aniversário de 12 anos e que também traria um belo presente. Estava vestido da cabeça aos pés de verde, pronto para sua transformação em sapo. Tinha uma boa ideia do que esperar: sabia que assim que passasse pelos portões da Terra das Histórias, um duende daria um jeito de fazer o seu trabalho, segundo a carta, e ele se transformaria no encantado Príncipe Sapo até que a história estivesse devidamente acabada.

— Bem — disse a mãe, limpando as mãos no avental —, lá se vai o último deles desta vez, Tom. Agora somos só você e eu, e uma espera fria e quieta até que todos regressem, contando suas novas histórias.

— E trazendo meus presentes de aniversário — lembrou Tom.

— Sem esquecer disso, claro, Tom. Meu Deus, como o tempo passa rápido! — disse ela, despenteando-lhe os cabelos rebeldes.

Capítulo 6

Floresta Oriental, 14 de novembro
Véspera do 12º Aniversário de
Tom Coração Leal
21 horas

A s semanas que precederam o aniversário de Tom haviam passado numa lenta agonia para ele. A casa estava muito quieta e monótona sem os irmãos, mas havia uma vantagem: pelo menos ele não era provocado o dia todo, e tinha tempo bastante para sonhar e brincar de aventuras lá fora com sua espada e seu escudo de brinquedo. Se queria ser o melhor aventureiro de todos, tinha de praticar. Brincar e sonhar eram uma parte importante da prática de aventura.

O inverno ia finalmente se acomodando na floresta em torno da casa. O orvalho se congelava nas sempre-vivas de um verde-escuro no início das manhãs, e cobria os recém-desnudos esqueletos das outras árvores. As pegas reunidas chilreavam estridentemente nos galhos. Bolas de visco pendiam dos carvalhos, e os passarinhos se amontoavam no quintal em busca das últimas frutinhas silvestres e das migalhas de pão e gordura de bacon que a mãe de Tom espalhava ali para eles todas as manhãs.

À noite, depois de os pratos e panelas da ceia estarem lavados e guardados, Tom e a mãe sentavam-se juntos diante de um aconchegante fogo crepitante. Imaginavam o que todos os irmãos estavam aprontando e, principalmente, como Juan estaria se saindo com sua nova vida como sapo.

Uma noite a mãe suspirou para si mesma enquanto observava o fogo e então o vento uivou lá fora e ela se pôs de pé de repente, puxou a cortina e olhou pela janela. Não se podia ver nada a não ser a escura floresta invernal além das vidraças.

— Eu tenho de confessar que estou preocupada, Tom. Na verdade, estou muito preocupada. Eu me esforço para esconder, mas uma mãe sabe, de algum modo, quando alguma coisa está muito errada. Não é do feitio de seus irmãos ficar tanto tempo fora. Nenhuma história demora tanto para chegar ao fim, e eles sabem o quanto seu aniversário de 12 anos é importante. Já deviam estar todos de volta a essa altura. Eu acho mesmo que alguma coisa terrível deve ter acontecido com eles.

— Eles devem estar bem, mãe, não se preocupe. Nada poderia acontecer a eles. São todos muito corajosos e fortes. Estarão todos de volta logo, logo — disse Tom, o mais tranquilizador que pôde, mas no fundo ele também estava preocupado.

Ficaram sentados juntos mais algum tempo, observando a lenha até ela se consumir. As brasas se deslocavam e desmoronavam à medida que o fogo morria. Tom pensava nos irmãos grandes e audazes lá fora, naquela noite fria, e que talvez estivessem perdidos ou em apuros. A mãe interrompeu seus pensamentos.

— Hora de ir para a cama, Tom. Venha, suba. Amanhã é um grande dia: o seu aniversário. — Ela subiu com ele, segurando uma vela para iluminar o caminho. A sombra de Tom era projetada na parede e se avultava acima deles, como se ele tivesse crescido de repente, enquanto subiam os degraus.

Tom parou e disse, animado:

— Já sei: eles podem ter combinado de aparecerem juntos bem cedinho amanhã como surpresa de aniversário.

— Podem — disse a mãe, enquanto o aconchegava na cama quentinha. — Podem — repetiu ela ao soprar a vela —, mas não conte com isso.

Capítulo 7

Em seus aposentos particulares na Agência de Histórias, tarde da noite, um pouquinho antes do fatídico décimo segundo aniversário de Tom, o Mestre foi acordado por batidas violentas em sua porta.

O quarto íntimo do Mestre era um cômodo quente, com paredes cobertas por livros, situado no alto de uma torre, singularmente empoleirada na lateral do edifício principal. O Mestre forçou-se a se levantar de sua cama quente. Algo desastroso devia ter acontecido para causar tamanha comoção. Ele abriu a porta, que rangeu assustadoramente, como se ela, também, estivesse preocupada com o que encontraria ali.

De pé diante dele, vestido em sua característica túnica verde-floresta e traje de camuflagem feito de folhas, galhos e estranhas manchas e musgo da floresta, estava um velho, sábio e humilde duende do bosque chamado Sr. Cícero

Brownfield, ocupado em bater os pés para se livrar das folhas molhadas de suas botas.

— Peço desculpas, Mestre — disse Cícero. — Eu não o teria perturbado desta forma se não se tratasse de um assunto de certa urgência.

— Entre, por favor — disse o Mestre —, e feche a porta, Cícero, ou nós dois pegaremos um resfriado de matar.

O Mestre atiçou o fogo já quase apagado quando o duende entrou. Então sentou-se em sua confortável poltrona diante do fogo.

— Temo sobre o que você está prestes a me contar — disse ele baixinho.

— Está certo em temer, Mestre — replicou o velho Cícero.

— Muito bem, então me conte — pediu o Mestre, com os dedos unidos diante do rosto. — Do começo, com todos os detalhes.

— Recentemente entregamos as seis cartas combinadas para todos os rapazes Coração Leal. Seis novas e grandes histórias começaram. Cada um deles recebeu uma carta, um após o outro — disse Cícero —, e então todos partiram em suas novas aventuras. Uma carta, uma aventura, como sempre foi.

— Naturalmente — disse o Mestre.

— Gosto de ficar de olho nas coisas, Mestre — disse Cícero —, e devo dizer que ultimamente ando muito preocupado. — Ele fez uma pausa e olhou o Mestre nos olhos. — Nem um sequer deles terminou a história ainda, nenhum daqueles seis belos jovens voltou.

O Mestre se empertigou. E fitou o duende.

— Nenhum? — perguntou.

— Nenhum, Mestre — respondeu Cícero e assentiu com a cabeça desgrenhada.

— Certamente a essa altura já deveriam ter terminado suas histórias.

— Todos se foram já faz muito tempo — continuou Cícero. — Algo terrível deve ter acontecido com eles.

— Impossível — disse o Mestre. — Isso simplesmente não acontece.

— Bem, receio que tenha acontecido agora — afirmou Cícero com tristeza. — Aventuras são coisas perigosas, afinal. Veja o pai dos rapazes, perdido há 12 anos, e ainda nenhum sinal dele; e isso não é tudo. Existem outros relatos. De histórias que avançam muito e que ficam por terminar. De personagens imobilizados à espera de que as coisas se resolvam. Ouvi do palácio das terras meridionais que nosso príncipe está desaparecido, supostamente sequestrado durante um baile luxuoso. Pode-se esperar que essas coisas ocorram, uma história pode emperrar por alguma razão menor, mas nunca assim, só em momentos muito raros. Isso é desastroso. — E abanou a cabeça.

— Bem, parece que estamos em um momento muito raro nesta noite fria — disse o Mestre. — Você fez bem em me procurar, Cícero. O que devemos fazer? Os Coração Leal são a última das grandes famílias de aventureiros. Agora você diz que eles estão desaparecidos, perdidos no meio de suas histórias, e devemos mandar alguém ajudar, mas não há mais ninguém para enviar. As regras originais da

Terra das Histórias são claras. — Ele ergueu os olhos para o duende. — Enviar ajuda, mesmo que tivéssemos alguém que pudéssemos mandar, poderia ser visto como uma infração da regra de ouro da não interferência.

— Um ponto discutível, Mestre. Mas, na verdade, há alguém, sim, que podemos mandar — disse Cícero com um rápido gesto de cabeça, o rosto sério e preocupado sob a desalinhada guirlanda de folhas.

— Pensei que tivesse dito que todos os seis irmãos estavam desaparecidos em algum ponto da história. Eles são os últimos da linhagem. Você certamente não está propondo enviar a pobre mãe em uma missão de resgate, está?

— Não, Mestre, claro que não — disse Cícero —, mas o senhor está esquecendo que eles não são exatamente os últimos de sua linhagem. Há outro, o sétimo irmão, o mais moço dos Coração Leal, um menino chamado Tom, que muito em breve — ele ergueu os olhos para o relógio do Mestre — terá exatamente 12 anos.

— Você está dizendo que esta agência será obrigada a enviar um garoto de 12 anos numa aventura perigosa?

— Receio que seja a única solução — disse Cícero. — O senhor deveria escrever uma carta para entrega imediata.

— Se ele só tem 12 anos — ponderou o Mestre —, então não tem nenhum treinamento.

— Tom tem sido observado, muito discretamente, é claro, pelo meu jovem primo, Joliz Brownfield, que vem vigiando a casa dos Coração Leal. Ele conta que vem observando as habilidades do jovem Tom há algumas semanas, e que está muito impressionado. Quando ouvi as notícias hoje, pensei que era melhor vir direto falar com o senhor. E, embora o jovem Joliz seja ele mesmo inexperiente, eu proponho, Mestre, que o usemos para acompanhar Tom em sua missão, para se manter ao lado dele, grudado, aconteça o que acontecer.

— E como isso será feito? — perguntou o Mestre.

— Por meio de um encantamento simples, um disfarce — disse Cícero. — Tom nem vai saber que o estamos observando, e certamente não receberá ajuda abertamente.

— Confiamos a Ormestone estas seis novas histórias — afirmou o Mestre, enterrando a cabeça nas mãos. — Ele parecia ter se regenerado nos últimos dias; fomos tolos de confiar nele. Sua arrogância pode significar o fim para todos nós. Muito bem, redigirei imediatamente uma carta para o jovem Tom Coração Leal. Informe sem demora ao seu primo Joliz seus deveres nesta questão. Meu Deus, ele vai precisar de coragem também. Assim como todos nós.

O velho e sábio Sr. Cícero Brownfield assentiu tristemente.

O Irmão Ormestone, criador de histórias, naquelas últimas semanas parecera ter passado por uma muito bem-vinda mudança de caráter. Ele havia ficado todo o tempo em seu escritório — antes poeirento, frio e cheio de teias de aranha —, trabalhando muito, dia e noite. Para todos os efeitos, tinha trabalhado bem. Tivera muitas e excelentes ideias para histórias. Havia até mesmo limpado e arrumado seu cubículo. Suas roupas pretas já não estavam cobertas de pó e respingos de gema de ovo. Agora eram de um preto imaculado. As botas elegantes eram lustradas todas as manhãs e brilhavam como espelho. Agora ele parecia mais um bispo alto e distinto do que um criador de histórias desgrenhado e sinistro. Os Irmãos, seus colegas, haviam comentado entre si sobre sua recém-descoberta energia.

O Irmão Ormestone passava todo o seu tempo planejando e organizando. Havia criado muitos começos de novas histórias, novas cartas e novas pistas. Tinha dado início a uma nova série de aventuras românticas e comoventes. Suas cartas haviam sido preparadas e escritas pelas melhores mãos e enviadas à família de aventureiros, aos bravos Coração Leal, um por um. A única regra imutável, desde sempre, era que o aventureiro deveria terminar a história por conta própria, sem ajuda ou interferência, que ele deveria retornar e relatar os bravos acontecimentos da história como se passaram e foram resolvidos pelo aventureiro, de modo que, na verdade, a história pertencia ao aventureiro. E isso era precisamente o que o Irmão Ormestone vinha trabalhando tão arduamente, por tanto tempo, e com tamanha e assombrosa energia para destruir... para sempre.

Capítulo 8

E le ainda não sabia, mas enquanto Tom Coração Leal dormia debaixo do acolchoado de penas em sua cama quentinha, seu destino já havia sido escrito e selado. Em algum ponto bem oculto entre as árvores, o velho e sábio Sr. Cícero Brownfield estava novamente com seu jovem primo Joliz. Eles tinham uma importante entrega a fazer, a mais importante que já haviam feito. Na bolsa de Joliz havia uma carta, uma carta muito importante do mestre da Agência de Histórias, escrita de seu próprio punho. A primeira neve ainda estava assentando à medida que abriam caminho pelas passagens secretas da floresta. Ouviu-se o regougar de uma raposa, mas isso não perturbou o jovem Joliz nesse momento.

Eles alcançaram a casinha na clareira; parecia muito aconchegante e acolhedora. Estava silenciosa como sempre, com sua chaminé soltando fumaça, suas luzes noturnas e apenas o débil brilho de uma vela numa das janelas superiores.

— A casa dos Coração Leal — disse o jovem duende, apertando mais o casaco preto junto ao corpo. Ele sentira um calafrio.

— Brrr, o frio está fazendo hora extra esta noite, sim senhor — disse Cícero. — Me dê a carta e espere aqui, Joliz, meu rapaz. Não vou demorar mais do que um minuto.

O jovem duende ficou na sombra das árvores, enquanto o velho Cícero atravessava a estrada e se misturava às sombras da casa nessa muitíssimo importante missão. Logo ele estava de volta.

— Receio que esteja na hora, rapaz — disse Cícero.

— Eu sei, estou pronto — replicou Joliz. — Quando olhei para a casa da última vez em que estive aqui tive um calafrio, e agora sinto isso em dobro.

— Exatamente como eu — disse Cícero. — Nós duendes temos um sexto sentido para essas coisas, você sabe. Esta é uma missão de desfecho imprevisível e você estará sob o feitiço talvez por muito tempo. Você deve ficar o mais perto possível de Tom. Isso significa fazer tudo que for necessário, e permanecer, aconteça o que acontecer, sob o disfarce. Não vai ser fácil. Vai precisar ser valente, jovem Joliz, valente de verdade. Nós todos confiamos em você.

Eles trocaram um aperto de mão firme e se despediram com um breve abraço. Cícero seguiu o seu caminho rapidamente pelas passagens secretas sem olhar para trás. Joliz se preparou para a transformação. Fez meia-volta e abriu caminho em meio à neve para observar a casinha até a manhã, e para aguardar seu momento especial, seu encantamento.

Capítulo 9

N evara incessantemente durante a noite. Desde muito cedo, Tom estava de pé e vestido. Sentia-se agitado, pois finalmente chegara seu aniversário de 12 anos. Também estava animado porque, como se esperava, a neve finalmente caíra. Lá fora estava a primeira camada profunda de neve do inverno. Ele vestiu suas roupas mais quentes, afivelou sua espada de treinamento com a bainha de couro, pegou o escudo de madeira e desceu silenciosamente para a cozinha. Não via presente de aniversário em lugar algum. Estava esperando uma lâmina de verdade, uma espada de aventureiro, como seu presente especial. A mãe ainda devia estar dormindo. Ele saiu para o quintal transformado pela neve. Neve fresca, perfeita para...

...*as primeiras pegadas.*

De início, ele apenas andou em círculos. Fez muitas pegadas firmes, profundas, e então tirou uma bola de borracha pequena e dura de baixo de sua túnica de aventureiro. Todas as manhãs ele praticava com a bola. Jogava a bolinha contra a parede da casa ou a parte alta da cerca. E tentava agarrá-la cem vezes seguidas sem deixá-la cair. Sua melhor marca tinha sido oitenta. Ele trocava de mão no lançamento, tentava agarrar com uma só, e jogar a bola por baixo da perna erguida; às vezes mergulhava para conseguir agarrá-la antes que ela atingisse o chão. Um bom treinamento para seus reflexos, diziam os irmãos.

Então ele tirou a espada de madeira da bainha presa ao cinto da túnica. Segurou-a diante de si e praticou alguns golpes. Investiu contra cavaleiros inimigos e aterrorizantes gigantes imaginários. Vira os irmãos treinarem vezes suficientes para saber exatamente como cada golpe era aplicado. Havia um rígido código entre os guerreiros, e todas as lutas e batalhas tinham de ser regidas pelas mesmas regras. Primeiro, ele se curvava para mostrar respeito ao inimigo. Em seguida, alinhava a ponta da espada com a cerca do jardim, onde havia desenhado alguns alvos. Havia silhuetas feitas com giz de cavaleiros de armaduras, duendes, feiticeiras e trolls. Tom tornou a erguer a espada e a alinhou ao nariz. Então falou bem baixinho o lema da família, como os irmãos sempre faziam: "Com o Coração Leal." E, usando ambas as mãos, baixou a espada de brinquedo com grande rapidez. Ouviu-se um estalo ruidoso, de madeira contra madeira, no momento em que a espada atingiu a cerca. O ruído ecoou pela floresta ao redor, assustando um bando de pássaros, que levantou voo imediatamente, grasnando e gritando em alarme. Em seguida, o mundo voltou a ficar muito quieto.

Tom guardou a espada na bainha e olhou para o escuro céu cinzento. Alguns flocos pinicantes de neve ainda caíam e se assentavam nos galhos acima de sua cabeça. Então ele percebeu um grande corvo negro empoleirado no catavento da casa. Era um alvo perfeito. Tom rapidamente pegou um punhado de neve e o pressionou com as mãos, fazendo uma bola compacta. E, de repente, do nada, como se estivesse ali esperando para chamar a atenção dele, o corvo falou.

Tom fitou a ave, incrédulo. O corvo se sacudiu, afofou as penas e ficou ali, balançando-se, por um minuto. Então falou de novo. Tom deixou cair a bola de neve. Ficou olhando fixamente a ave, que inclinou a cabeça para um lado e o fitou de volta.

— O que foi que você disse? — perguntou Tom, atônito.

— Ah, ah — disse o corvo, parecendo zombar dele, fitando-o com os olhinhos de conta.

— Não, você disse outra coisa, palavras de verdade. Você falou comigo.

— Ah — repetiu o corvo.

— Não, eram palavras reais. Uma delas parecia... "miragem" — disse Tom.

— Eu disse que você vai precisar de *coragem*, Tom — repetiu o corvo com clareza, e parecia tão perto quanto um sussurro amigável no ouvido de Tom.

Então o corvo levantou voo, circulou acima da casa e, preguiçosamente, bateu as asas no ar frio. Tom ficou olhando a ave. Não conseguia acreditar no que acabara de acontecer. O corvo tinha falado, e com ele, Tom Coração Leal.

Coisas assim nunca aconteciam com ele. Ele só ouvira sobre elas nas histórias que seus irmãos contavam ou nos livros que lia. Essa era sua primeira experiência em primeira mão com... bem, MAGIA. Era seu décimo segundo aniversário, e algo emocionante havia finalmente acontecido de verdade. Ele voltou correndo para a casa.

— Ei, mãe — chamou ele, sem fôlego de tão agitado —, adivinhe! Um corvo no quintal acabou de falar comigo. Falou comigo de verdade. — Ele correu escada acima, dois degraus de cada vez, e entrou de supetão no quarto dela. — Mãe — continuou, tão sem fôlego e excitado agora que suas palavras tropeçavam umas nas outras ao sair — tinha um corvo grande e preto no telhado, no meio da neve, e ele falou comigo de verdade. Finalmente aconteceu, minha primeira prova de magia real. — Então ele fez uma pausa. O pequeno cuco de madeira tiquetaqueava silenciosamente na parede. Era um quarto silencioso, que cheirava a lavanda.

— Você acordou cedo — disse a mãe, por fim sentando-se na cama e esfregando os olhos. — Feliz aniversário, Tom — disse ela com um sorriso.

— Mãe — insistiu ele —, um corvo falou comigo no quintal, um corvo grande e preto. Falou comigo, *comigo*. — Tom apontou para si mesmo.

— Acalme-se agora — pediu ela. — O que você esperava? É o seu aniversário de 12 anos, afinal, Tom. É quando as coisas começam de fato a acontecer aos rapazes desta família. Meu Deus, olhe só para toda essa neve, e agora não resta ninguém para manter o fogo aceso, a não ser sua pobre e velha mãe.

— Posso fazer isso para você, mãe, não se preocupe — disse Tom, ansioso.

— Sei que pode, meu garoto, mas não é com o fogo que eu estou preocupada — retrucou a mãe, sacudindo a cabeça. — Suponho que ainda não haja nenhum sinal dos seus irmãos... — disse ela, abatida. — Rezei tanto para que estivessem todos de volta a esta altura, meu pobre e jovem Tom. Não se preocupe, vamos tentar tomar um café da manhã de aniversário bem feliz, pelo menos nós dois. — Ela se enrolou no robe quentinho e, juntos, desceram a escada, dirigindo-se à cozinha.

Tom sentou-se à grande mesa da cozinha. Estava cercado por cadeiras e lugares vazios na mesa. Pareciam especialmente vazios e desamparados naquela manhã. Ele esperava receber logo seu presente de aniversário especial, ou pelo menos a pequena coroa de aniversário, qualquer coisa que alegrasse um pouco o clima.

Um por um os irmãos haviam partido. Para bem longe, em suas aventuras, como heróis, príncipes ou outra coisa. Todos haviam prometido voltar antes daquele dia. Não voltaram, porém, nem um só deles. Nenhum dos irmãos cumprira a promessa. Esse era o seu aniversário mais importante, mas eles estavam ocupados demais sendo príncipes, sem dúvida, e aproveitando a vida. Era tão injusto. Tom mordeu o lábio, fazendo força para tentar conter uma lágrima. Queria tanto que todos estivessem ali com ele. Ficou sentado por um momento, ouvindo a mãe cantarolando corajosamente para si mesma enquanto preparava seu café da manhã.

Ele comeu seu mingau de aniversário, espesso, cremoso e adoçado com mel. A mãe pegara a pequena coroa dourada de papelão que guardava especialmente para cafés da manhã de aniversário, e Tom a usou enquanto comia.

— Temo que alguma coisa tenha acontecido a eles, sabe, Tom — disse a mãe. — Agora eu tenho certeza. — Foi até o fogão e preparou uma xícara grande e reconfortante de chá para si mesma. — Eles são rapazes grandes e valentes, cheios de coragem e astúcia, mas existem forças lá fora... — Ela sacudiu a cabeça, olhou para a neve e estremeceu.

Feitiçaria, era a isso que ela se referia. Era sempre uma possibilidade, pensou Tom.

Foi só então que ele notou o envelope. Estava apoiado numa grande caneca sobre a mesa, bem diante dele. Por que não o tinha visto antes?

— Olhe, mãe, um cartão de aniversário — disse ele, estendendo a mão para pegá-lo. Era um envelope grande, comprido, bonito, feito de papel grosso de cor creme e aparência cara.

Sua mãe começou a falar.

— Tom, receio que não seja um car... — Ela sabia com uma certeza mortificante o que aquele envelope poderia significar, mas Tom a interrompeu antes que ela conseguisse dizer as palavras.

— Mãe — disse ele —, olhe, é para mim mesmo.

Tom tinha visto as letras caprichadas em tinta preta grossa no alto do envelope. Dizia: *Do Mestre da Agência de Histórias. Reservado e Estritamente Confidencial.* Abaixo, com letra manuscrita ainda mais grossa, lia-se: *Aos cuidados de Tom Coração Leal, Escudeiro.*

Ele leu duas vezes, lentamente, para si mesmo. Não havia dúvida: dizia *Tom*, e não *João*. A carta era mesmo endereçada a ele, e somente a ele.

Ficou segurando o envelope grosso e pesado por um momento, sentindo seu peso na mão. Parecia haver folhas e mais folhas de papel ali dentro. Sua mãe o observava, ansiosa, a boca curvada para baixo, e uma expressão de preocupação e tristeza, até mesmo medo, no rosto. O envelope poderia conter notícias terríveis, algo que eles na verdade não gostariam de saber.

A mãe de Tom se virou e olhou pela janela. E viu o corvo. Ele havia pousado no quintal e ela soube de imediato que devia ser o que acabara de falar com Tom, pela maneira como ele olhava para a casa. A grande ave não era absolutamente sinistra, parecia estar apenas observando e esperando, como um bom amigo de Tom que tivesse vindo brincar no quintal. Ela ergueu a mão e dirigiu um breve aceno à ave; sentiu-se tola com o gesto, mas por algum motivo sentiu que devia fazê-lo. A ave balançou a cabeça em resposta, e a mãe fechou os olhos e respirou fundo. Sim, muito bem então, se é assim que deve ser. Ela tomou uma decisão e tornou a virar-se, quando Tom finalmente abria o envelope e tirava e desdobrava todos os papéis que havia ali dentro.

Capítulo 10

Querido *Tom Coração Leal,* leu Tom, *como Mestre da Agência de Histórias, eu lhe desejo muitas felicidades em seu décimo segundo aniversário. Escrevo-lhe esta carta de minha mesa, de meu próprio punho. As questões aqui tratadas são muito particulares e estritamente confidenciais. Você está sendo requisitado imediatamente como aventureiro para entrar na Terra das Histórias pelo Portão Norte. Sua missão é descobrir por que seus irmãos Joca, Juca, Jean, Juan, Joãozinho e João Coração Leal ainda não conseguiram finalizar suas histórias, e também descobrir, se possível, o que aconteceu com eles. Existe na agência a suspeita de que um trapaceiro planejou, de alguma forma, prejudicar seus irmãos. Escrevo isto não com a intenção de alarmá-lo, mas de tentar explicar por que as circunstâncias são tão excepcionais. Nada semelhante jamais aconteceu.*

No curso de sua missão você pode ser levado a tarefas perigosas e/ou difíceis. Você deve saber que somente um integrante da família Coração Leal pode passar pelos portões

51

*da Terra das Histórias a fim de tratar de questões aventurei-
ras de verdade. Você precisará de toda a coragem dos Coração Leal para ter sucesso em sua missão. Cópias das cartas
de instruções de cada um de seus irmãos encontram-se ane-
xadas a esta carta. Elas poderão ajudá-lo pelo menos com
as questões gerais e tipos de histórias nos quais eles bravamente embarcaram. Anexos também estão um mapa, uma
cópia do regulamento da Terra das Histórias e um passe
para o portão, assinado por mim, que lhe permitirá entrar
na Terra das Histórias por qualquer um dos portões. Dese-
jo-lhe uma jornada de aventuras segura e rezo por um bom
desfecho nessa história, para todos nós.*

Tom desdobrou uma segunda folha de papel. Era a cópia do Regulamento da Terra das Histórias.

O REGULAMENTO DA TERRA DAS HISTÓRIAS
Como acordado pelo Comitê da Agência de Histórias
Testemunhado pela mão do primeiro Mestre

1. Uma terra de magia e diversão será demarcada e deno-
   minada **A Terra das Histórias**, incorporando Mitos,
   Fábulas, Lendas, Contos de Fada, Poesia e Aventura.
   Será construída à custa de todos, para todos.

2. A Terra das Histórias ocupará a totalidade das áreas
   florestais e outras várias terras, como mostram os mapas anexos.

3. O acesso à Terra das Histórias será por portões no
   Norte, no Sul, no Leste e no Oeste.

4. As aventuras serão postas em prática apenas por aqueles nascidos na família aventureira, que se empenharão em questões de aventura de verdade.

5. A Agência de Histórias administrará, manterá e fornecerá a Terra das Histórias e todos os seus personagens, atores, propriedades e efeitos, tais como cabanas encantadas, pés de feijão, castelos, seres mágicos, gigantes etc. etc.

6. Os Aventureiros serão escolhidos pela Agência de Histórias.

7. Esses Aventureiros completarão as aventuras e histórias designadas pela Agência.

8. Todos os participantes e personagens dentro dos limites da Terra das Histórias agirão de acordo com seu personagem e permitirão que o Aventureiro realize a aventura/história designada.

9. O Aventureiro terá permissão para concluir a história à sua maneira, sem qualquer interferência ou ajuda.

10. O Aventureiro poderá se utilizar de um número indeterminado de trajes e personagens durante a história, segundo os termos das cartas de consentimento originais, redigidas e entregues pela Agência e/ou seus associados (duendes etc.).

11. A história será anunciada por uma série de cartas e pistas abertas à interpretação e engenhosidade do Aventureiro.

12. Mecanismos secretos, como duendes e sua magia, serão usados quando e onde necessários.

13. O Aventureiro retornará no fim da aventura e contará sua experiência ao comitê da Agência.

14. A Agência então publicará, dentro de um prazo razoável, a história concluída em forma de livro, que será acessível a todos a um custo razoável.

15. Todas as decisões do Aventureiro serão definitivas.

16. As histórias deverão e irão prosperar, e os leitores as amarão e desfrutarão delas ao longo do tempo, em quaisquer formas em que venham a aparecer.

Tom entregou a carta do Mestre à mãe. Ele não via nenhum problema no fato de ela conhecer o conteúdo; ela era uma Coração Leal, afinal. Ela leu a carta e sacudiu a cabeça.

— Eu sabia — disse ela. — Senti com muita certeza que alguma coisa estava acontecendo.

— Não pode ser para mim de verdade, pode, mãe? Não faz sentido. Deve ser um engano...

— Não é nenhum engano, Tom. O Mestre da Agência de Histórias nunca se engana. Ele quer que você também vá, e vá agora mesmo. Ele sabe que alguma coisa terrível pode ter acontecido com seus irmãos. Eu estou com medo, Tom, estou com muito medo agora. — Ela abraçou Tom com força e começou a chorar.

Tom se afastou.

— Eu vou — disse ele. — Vou encontrá-los. Vou primeiro para o Portão do Norte. Não pode ser tão difícil assim, não é? — perguntou Tom, receoso. — Espere, o que acha disso, mãe? Talvez esta carta seja parte de uma surpresa especial de aniversário, um jogo, um teste, uma história para praticar, uma pequena aventura de treinamento preparada pelo Mestre da Agência de Histórias, e talvez pelos meus irmãos também. É o primeiro estágio do meu treinamento, para me tornar um verdadeiro aventureiro. Eles finalmente verão que garoto valente e engenhoso eu posso ser.

— Como eu queria que isso fosse verdade — disse a mãe. — Mas, infelizmente, acho que a carta é real, não é um jogo.

— Eles devem estar um pouco mais adiante na estrada, a uma curta caminhada para o norte, na neve fresca. Seria divertido — disse ele, mantendo um sorriso valente no rosto.

— Temos de contar com você agora, Tom — disse a mãe baixinho. — Sei que não parece justo, visto que hoje é seu aniversário, e que você só tem 12 anos, e tudo, mas você é um Coração Leal, rapaz, dos pés à cabeça, e os Coração Leal não desistem, não é, meu pequeno Tom?

— Não, mãe, eles não desistem. Então assim será, eu irei, e agora mesmo. Pois bem, eu vou mostrar a eles.

A mãe reuniu lentamente todas as coisas de que o bravo aventureiro poderia precisar. Ela pegou um dos cajados de carvalho, um menor e mais leve, mais apropriado ao tamanho de um menino como Tom. Então encontrou o último quadrado não utilizado de tecido de algodão com a "estampa Coração Leal" na gaveta da cômoda e o estendeu na mesa. Teve de conter uma lágrima, pois estava guardando esse pequeno pedaço de tecido para quando Tom finalmente estivesse treinado e pronto para sua primeira história. Nem em seus mais loucos sonhos ela pensou que estaria preparando o farnel de sua primeira aventura tão rápido, e sob tais circunstâncias. Ela se empertigou, respirou fundo e pegou o pão de centeio, um pedaço de queijo, uma salsicha cozida, algumas sementes e frutas secas, e uma maçã. Incluiu algumas velas e fósforos também. Automaticamente pegou uma garrafa de pedra de uma cerveja escura e forte na despensa, mas então olhou para Tom, que estava de costas para ela, observando a neve pela janela. Ela notou o quanto ele parecia jovem e vulnerável, com os ombros estreitos e o cabelo revolto, e tornou a guardar a cerveja. Encontrou algo mais adequado guardado na prateleira de trás da despensa, uma garrafa de sua bebida de gengibre feita em casa, e a incluiu no farnel.

Ela embrulhou a comida e a bebida no tecido dos Coração Leal e amarrou a trouxa muito bem ao pequeno cajado. Tom pegou seu melhor par de botas resistentes; elas não eram exatamente de "sete léguas", mas seriam boas o bastante. Então pegou um escudo no suporte, abotoou a túnica quente e estava pronto. Por um momento, ficou parado de pé na cozinha silenciosa.

— Agora tenho 12 anos, mãe. Vou ficar bem, de verdade, prometo — disse ele. — Vou descobrir o que aconteceu. Vou mostrar a todos eles, vou mostrar a todo mundo que consigo, espere só. Vou trazê-los todos de volta sãos e salvos, mãe, vou mesmo.

A ideia de partir sozinho para além da segurança do portão de seu quintal, para o mundo desconhecido lá fora, um mundo de lobos astutos, duendes, perigos, transformações e aventuras de verdade, ainda o assustava. Suas únicas aventuras até então tinham todas se passado dentro de sua mente, abrigadas na segurança de seu quintal. Suas batalhas tinham sido travadas apenas contra inimigos e monstros imaginários, usando apenas uma espada de brinquedo. Havia, porém, uma parte bem escondida dele que se sentia pronta, forte. Em algum lugar dentro dele havia uma fonte ainda não explorada da coragem dos Coração Leal.

— Guarde esse mapa e todas as cartas com você, filho, e fique atento a outras cartas e pistas quando surgirem — disse ela. — É assim que funciona, Tom; você vai descobrindo, à medida que prossegue.

Ele deveria entrar pelo Portão do Norte, que levava às montanhas, a essa altura cobertas de neve e gelo, e a ursos polares, trolls e anões, e duendes de costeletas. Ele pegou seu cajado com a trouxa, dirigiu-se à porta e a abriu. Lá fora, o mundo estava silencioso, e estranhamente claro com toda aquela luz refletida na neve fresca. Ele saiu para a varanda.

— Agasalhe-se, Tom, e tenha muito cuidado — disse a mãe.

— Farei isso, mãe.

— E, quando encontrar aqueles seus irmãos, não se esqueça de dar uma boa bronca neles por perderemos o seu aniversário — disse ela, fungando.

— Vou dar, mamãe, eu prometo. Até logo.

— Venha, você pode pelo menos dar um beijo na sua mãe.

Tom voltou e deu um abraço na mãe. Ela beijou o topo de sua cabeça de cachos revoltos.

— Não se preocupe, mãe. Até logo. Estarei de volta num piscar de olhos — disse ele. Então fez meia-volta, andou até o portão e hesitou, com a mão no frio trinco de ferro. Alguma coisa o estava preocupando. Algo que alguém tinha lhe dito recentemente. A lembrança tentava se insinuar em seu pensamento, vinda do fundo da mente, e fazia tudo parecer ainda mais escuro, e muito mais perigoso. O que era? Ah, sim, o corvo.

A ave havia falado com ele, sim, mas o que mesmo que ela dissera? O corvo lhe dera um aviso, um augúrio, era assim que se dizia. Com o choque e a agitação, ele não pensara no significado das palavras. Correu os olhos pelo quintal e pelo telhado em busca da grande ave negra, mas ela havia partido.

"Você vai precisar de *coragem*", era o que o corvo tinha dito. *Coragem*. Isso significava que ele teria mesmo de enfrentar perigos e dificuldades, e Tom tinha medo do perigo, e tinha medo das dificuldades. Mas parecia que esses tinham vindo de qualquer forma, tanto ao seu encontro quanto ao dos irmãos. Agora não tinha escolha; estava claro o que ele precisava fazer — ele só queria não ter de fazer tudo sozinho.

Você vai precisar de coragem.

Ele virou-se e dirigiu à mãe um último e destemido sorriso e um aceno, respirou fundo e então abriu o portão e saiu do quintal.

A mãe observou-o afastando-se lentamente pela profunda camada de neve. Afinal, pensou ela, cada grande aventura começa com um pequeno passo. Antes de fechar a porta, ela observou Tom até a curva. Ficou olhando a estrada vazia depois que ele desapareceu e esperou um momento na quietude da manhã gelada.

— Uma, duas — disse ela, e acenou com a mão duas vezes, mas, embora tenha esperado mais um instante, Tom não voltou.

Parte Dois

O Meio

Capítulo 11

Quando Tom finalmente se viu a caminho, na estrada, tudo parecia muito grande, bem definido, e muito maior do que ele. A floresta escura se contraía em sua direção, dos dois lados da estrada, e de repente ele se sentiu como se tivesse sido encolhido por duendes ao tamanho de um pequeno camundongo. Estava sozinho, num mundo muito, muito grande, onde as árvores pareciam muito mais altas e escuras do que jamais lhe pareceram da segurança de seu quintal. Também havia estranhos ruídos que o preocupavam. As árvores rangiam e gemiam sinistramente ao se deslocarem, em conjunto, com o vento. No chão, gravetos estalavam e rachavam quando criaturas invisíveis passavam por Tom em meio à vegetação rasteira. As gralhas grasnavam e gritavam umas para as outras no topo das árvores. Tom precisou reunir toda a sua coragem; imaginou o que um dos irmãos lhe diria se essa fosse uma sessão de treinamento — o que, naturalmente, uma minúscula e esperançosa parte dele ainda acreditava que fosse.

"Vamos", eles teriam dito. "Ainda é dia, e você não está assim tão longe de casa. Você consegue. É seu aniversário, você tem 12 anos agora, é praticamente um adulto. Vamos em frente com isso."

Tom apertou com mais força o cajado e seguiu em frente. Pisava com firmeza, um pé após o outro, esquerda direita, esquerda direita. Deixava marcas de pegadas profundas com as botas na neve, fazendo o máximo de barulho possível. Esperava que isso assustasse lobos ou outros predadores; de qualquer maneira, ajudava a mantê-lo mais aquecido e se sentindo melhor. Quando chegou à encruzilhada, estava andando a um ritmo muito bom, e lá estava o corvo falante, em carne e osso, na ponta norte da tabuleta.

— Aí está você, Sr. Corvo — disse Tom, o mais animado que pôde. — Pensei que tivesse ido embora.

O corvo mudou o peso do corpo de um pé para o outro, inclinou a cabeça para um lado e o estudou por um momento. A princípio, não respondeu.

Tom olhou para a estrada longa e reta que levava para o norte através da floresta. Era para lá que sua primeira aventura o levaria. Seu destino se estendia por uma estrada comprida, cortando uma floresta em direção a um local desconhecido.

O corvo virou a cabeça e disse:

— A propósito, pode me chamar de Joliz. — E então, de repente, levantou voo, seguindo em frente, como se dissesse: "Por aqui, este é o caminho."

Tom pensou que aquele era um nome estranho para um corvo, mas talvez Tom parecesse, ao corvo, um nome estranho para uma pessoa. E não tinha mesmo outra escolha senão segui-lo.

Capítulo 12

O Portão do Norte

O corvo seguiu voando por um tempo e então parou, parecendo esperar por Tom. Quando o menino estava quase alcançando o corvo, a ave tornou a levantar voo, e assim transcorreu a manhã. Tom andava e o corvo voava um pouco à sua frente; era como uma brincadeira de pega-pega. Eles estavam cercados pela aparentemente interminável e densa floresta de abetos, cortada pela longa estrada reta. Não havia outros viajantes.

Depois de horas e horas caminhando sem parar, subitamente Tom viu uma sombra ampla assomar à sua frente na estrada. Depois, mais ou menos uma légua adiante, as árvores começavam a rarear. A floresta densa terminava em uma linha muito reta, e com um passo curto Tom saiu do meio das árvores e da floresta para um trecho da estrada muito claro, onde a neve se empilhava junto a um muro comprido. O muro se estendia de um lado do horizonte ao outro. Ali, à sua frente, cruzando a estrada, estava o Portão do Norte da Terra das Histórias.

O portão assumia a forma de um arco de pedra sustentado por colunas altas. A base das colunas era formada por grandes cubos de pedra cortados tosca e irregularmente, de modo a parecerem antigos e desgastados pelo tempo. As pedras eram cortadas em um arco curvo e na pedra angular estava esculpida a cabeça de um urso polar, que olhava ameaçadoramente para a estrada. Sentado encolhido num pequeno trecho de sol perto da barreira central (um bastão com listras vermelhas e brancas), estava o guardião do portão. Tom se aproximou e o homem ergueu os olhos de seu jornal.

— Sim? — disse o guardião.

— Estamos aqui para tratar de negócios de aventura. Podemos passar, por favor? — perguntou Tom.

— Sabe quantos garotos irritantes como você vêm até aqui todos os dias e tentam passar por mim? — retrucou o guardião.

— Não — disse Tom.

— Bem, nem eu — respondeu o guardião, fungando e observando Tom de cima a baixo. Em seguida olhou para o corvo, que o olhou de volta com seus olhinhos brilhantes.

— Mas já houve alguns — acrescentou ele.

— Estamos aqui para tratar de questões importantes — disse Tom.

— Certo, e eu acredito — replicou o guardião.

— Isso pode ser facilmente resolvido — disse o corvo, erguendo a asa. — Mostre o passe a ele, Tom.

Tom abriu sua sacola e encontrou o cartão do passe assinado pelo Mestre.

O guardião olhou para Tom, e em seguida para o corvo. Então, baixou os olhos para o passe na mão do menino.

— Você devia ter dito que era um Coração Leal, jovem — disse o guardião, agora claramente nervoso.

— Você não me deu chance — retrucou Tom.

— Tenho certeza que deixei um de seus irmãos passar por este portão algum tempo atrás — disse o guardião.

— É por isso que estou aqui — afirmou Tom. — Estou à procura de meus irmãos.

— Ele foi cuidar de seus negócios, um verdadeiro príncipe entre os homens — disse o guardião. — E não o vejo desde então.

Dizendo isso, o guardião ergueu o bastão de listras vermelhas e brancas, e Tom e Joliz, o corvo, passaram pelo Portão do Norte, entrando na Terra das Histórias.

Tom caminhou algum tempo pela estrada. Segurava, serelepe, o cajado com a trouxa sobre um dos ombros, e enquanto andava imaginava quantas vezes seus irmãos ou mesmo seu pai teriam passado por aquela mesma estrada. Quando deixou o portão e o muro para trás, a paisagem que o circundava não pareceu muito diferente daquela de antes. As árvores talvez estivessem em melhores condições. De alguma forma, pareciam mais expressivas, como se diferentes espécies tivessem crescido deliberadamente uma ao lado da outra para causar máximo impacto. Tom agora estava alerta. Havia entrado em um mundo secreto e mágico, no qual ele sabia que qualquer coisa era possível. Precisaria usar toda a sua sagacidade agora.

O corvo continuava voando à frente de Tom, parando para descansar de vez em quando, como fizera antes, parecendo avaliar a situação, por assim dizer; mantendo os olhos abertos para qualquer problema que pudesse surgir à frente (o que, é claro, era justamente o que ele estava fazendo) e deixando que Tom o alcançasse para então voar mais um pouco à frente; assim prosseguiram até Tom perceber que estava com muita fome. Tom então sentou-se à beira da estrada e abriu sua trouxa. Entre as iguarias ali guardadas, encontrou um bilhete que a mãe devia ter colocado quando ele não estava olhando.

Estarei pensando em você, Tom. Seja corajoso, mantenha-se agasalhado e em segurança, e volte com todos aqueles seus irmãos levados. Com amor, Mamãe. Beijos

Tom pegou a garrafa de bebida de gengibre.

— Saúde! Obrigado, mãe, e feliz aniversário para mim — disse Tom, e ergueu a garrafa como seus irmãos erguiam suas canecas de cerveja antes de contar uma boa história. Enquanto bebia, lembrou-se de sua casa e da mãe, e sentiu uma súbita pontada de saudade.

— Não há de ser nada — disse ele em voz alta para ninguém em particular, tentando se animar. — Tenho certeza de que voltarei a ver todos eles logo, logo.

— É claro que sim — replicou o corvo.

— Você não falou muito até aqui — observou Tom.

— Gosto de falar quando tenho algo interessante a dizer — afirmou Joliz, o corvo.

Assim, sentaram-se perto um do outro durante algum tempo e Tom desfrutou de sua refeição. Então ofereceu as sobras ao corvo, que pareceu deleitar-se com elas.

Depois do almoço, Tom e o corvo prosseguiram em sua jornada. Acabaram chegando a uma encruzilhada. A ave pousou no topo da tabuleta de sinalização. As quatro pontas indicavam outras quatro estradas. Uma fita de duende estava amarrada a um envelope que pendia da placa que apontava para oeste. A placa era alta demais para que Tom a alcançasse, mesmo com seu cajado, portanto o corvo avançou ao longo da placa e se ocupou em desamarrar a fina fita verde de duende. O envelope por fim flutuou até o chão, caindo aos pés de Tom.

Estava endereçado a *Tom Coração Leal, Escudeiro*. Ele abriu o envelope e lentamente desdobrou o pergaminho. A carta estava escrita com a mesma letra da primeira. Dessa vez a mensagem dizia:

Caro Tom,

Tenha muito, muito cuidado. Você agora deve seguir para oeste, para o vilarejo de Roncadura. Hospede-se na Estalagem Rosas e Urzes para obter notícias de seu irmão Joãozinho. Coragem, jovem Tom, coragem.

O Mestre

— O que diz? — perguntou o corvo.

— Que devemos seguir para oeste, para um vilarejo chamado Roncadura, seja lá o que isso significa. É um nome engraçado para um lugar.

— É? — perguntou o corvo. — Pensei que fosse o que as pessoas às vezes fazem dormindo.

— O quê? — perguntou Tom.

— Roncar, claro. Você sabe, roncar: *rrrronc-rrronc* — respondeu o corvo ruidosamente.

— Ah, *roncar* — disse Tom. — Sim, claro, Joca costumava roncar o tempo todo. — E sorriu ao lembrar da noite em que os irmãos jogaram todos os travesseiros e almofadas do quarto em Joca para fazê-lo parar com aqueles barulhos terríveis. Tom estava se acostumando a Joliz, o corvo falante. Tinha de admitir para si mesmo que era bom ter alguém com quem falar e que lhe servia de companhia na estrada.

— Bem, certamente significa que devemos ir para oeste, que é por ali — disse o corvo, apontando com a asa para uma das estradas que partiam da encruzilhada.

— Eu sei, eu sei — disse Tom.

— Só estava testando — retrucou o corvo.

Assim os dois amigos partiram juntos pela longa estrada para oeste.

Capítulo 13

Joãozinho, o irmão mais velho de Tom, fora o primeiro a deixar a casa no bosque e partir em uma nova história de aventura. Assim que passou pelo devido portão, andou por um dia e uma noite inteiros em meio à neve e ao vento, bem agasalhado em seu pesado casaco de inverno. Então, de repente, a neve e as árvores desapareceram, a floresta densa simplesmente terminou numa linha muito reta, e Joãozinho, com um passo curto, saiu do mais pleno inverno para um mundo claro e iluminado pelo sol da primavera. Numa placa ao lado da estrada, em letras douradas, liam-se as palavras "Bem-vindo ao Oeste da Terra das Histórias".

Joãozinho encontrava-se agora no ponto mais avançado no oeste em que jamais estivera. As pessoas pareciam bem alegres. Elas acenavam e sorriam quando ele passava pela estrada ensolarada. Joãozinho supôs que estivessem contentes de ver um príncipe aventureiro atuando em uma emocionante aventura entre elas.

Ele encontrou o vilarejo de Roncadura, como sua carta sugerira, e de fato lá estava a estalagem com a placa pintada: Rosas e Urzes. Ele pediu um quarto e a ceia ao estalajadeiro e acomodou-se para a noite.

— É sempre bom receber um aventureiro como você — disse o dono da estalagem. — Vai partir para o castelo pela manhã, suponho.

— Castelo? — perguntou Joãozinho.

— Não tem como errar. Está todo coberto, do topo à fundação, com urzes densas e velhas roseiras enroscadas, com aqueles espigões muito afiados. Os espinhos são do tamanho do seu braço, impossíveis de se transpor. Outros já tentaram — disse o estalajadeiro.

— Espinhos? — perguntou Joãozinho.

— Tudo cresceu em excesso desde o feitiço. Bem, pelo menos é o que dizem — afirmou o dono da estalagem, animando-se com o assunto.

— Feitiço? — perguntou Joãozinho.

— No castelo tem uma princesa adormecida que precisa ser resgatada. O lugar todo está adormecido, mas não se pode entrar, por causa das urzes e espinhos que cobrem todo o castelo, veja bem. Mas aí está uma tarefa para um aventureiro como você, sem dúvida nenhuma.

Havia uma névoa sobre a terra na manhã seguinte quando Joãozinho, nos trajes de um bom e valente príncipe, partiu depois de um ótimo café da manhã. Ele comera com prazer o que o estalajadeiro lhe trouxera: ovos frescos, bacon, cogumelos e até uma fatia de pão feito em casa, tudo regado com um chá bom e forte.

Ele deixara o casaco de inverno com o estalajadeiro, e seguira pela estrada em busca do castelo para realizar o bravo resgate. Sua trouxa estava cheia de provisões frescas e um cantil de cerveja. Andou pela estrada sinuosa por algum tempo, atento aos arredores enevoados e indistintos. Batia o cajado com força na estrada enquanto caminhava. Isso manteria qualquer ladrão a distância, pensou ele. Sua atenção estava toda voltada para a procura de um Castelo Encantado.

Sentiu o seu cheiro antes de vê-lo. De repente, havia um doce e súbito perfume no ar. Era o atordoante aroma de milhões de rosas. Joãozinho dobrou uma curva na estrada, e lá no alto de uma colina avultava-se a silhueta embaçada de um castelo. Era exatamente como o estalajadeiro havia descrito.

O castelo estava completamente envolto nos caules de urzes e rosas. Joãozinho só conseguia distinguir as formas dos enormes espinhos e os ramos retorcidos. Folhas, espinhos e caules estavam misturados uns aos outros, amarrados em um confuso emaranhado. Ele puxou a espada e seguiu a trilha até lá.

O silêncio era profundo em toda a área, não se ouvia nem mesmo o canto de pássaros. Somente o ruído de gotas de água caindo à medida que a névoa se condensava e corria em veios entre as folhas da urze. Ele não via nenhum acesso para o interior do castelo. Assim, o Príncipe Joãozinho, fiel ao espírito de ação e audácia da família, resolveu não perder tempo. Precisava entrar, encontrar e resgatar a adorável princesa.

Ele começou imediatamente a cortar as urzes e espinhos emaranhados. Tinha de manter o escudo perto do braço que segurava a espada para se proteger de todos aqueles espinhos maléficos. Depois de cerca de uma hora de trabalho pesado, conseguiu abrir um túnel baixo em meio aos espinhos e caules retorcidos. O túnel levava até uma ponte levadiça e dali até o portão do castelo. Ele trabalhou durante algum tempo na pequena porta no meio do portão até que finalmente conseguiu abri-la à força. Passou por ela e foi recebido pela figura alta de um homem magro vestido de preto com a cabeça coberta por uma cabeleira branca e lisa.

— Bom dia, Príncipe Joãozinho — disse o homem, e tirou do bolso um grande lenço, estendendo-o com um grande floreio na direção de Joãozinho. Havia um forte perfume adocicado no tecido. Joãozinho ficou tão surpreso, e confuso pela súbita aparição da sinistra figura que simplesmente curvou-se para a frente, por pura educação, aspirando o ar junto ao lenço. O cheiro era muito doce, mais forte ainda do que o aroma atordoante das rosas. Para o Príncipe Joãozinho, o mundo de repente começou a girar e se dissolver à sua volta, e ele se viu caindo, caindo, até o chão macio e acolhedor.

Capítulo 14

Tom e o Corvo seguiam para o oeste enquanto o céu escurecia. A paisagem ao redor havia mudado novamente. Das árvores e neve do norte, além do portão, eles haviam seguido o mapa da melhor forma possível, e por fim chegaram a outra floresta. Esta não era igual à floresta de pinheiros e abetos de antes. Aqui se viam carvalhos e faias, pequenas colinas arredondadas e riachos. Um vento morno soprava, a luz do entardecer dourava a paisagem e o simples ato de andar lhes dava sede. Tom teve de encher muitas vezes a garrafa vazia, que antes continha a bebida de gengibre, assim como o cantil de água, em um dos riachos que corriam ao lado da estrada. Em uma dessas vezes, enquanto Tom bebia, Joliz, o corvo, pousou pela primeira vez no ombro do menino. Tom sentiu de repente um grande orgulho pelo corvo confiar nele o suficiente para pousar em seu ombro, e eles caminharam por um tempo, com o pássaro bamboleando-se, feliz, para cima e para baixo no ombro de Tom.

— Os corvos também se cansam — disse Joliz depois de algum tempo. — Está escurecendo, Tom. Acho que devemos parar para descansar e passar a noite. Você andou uma grande distância e não poderia voltar para casa agora nem se quisesse. Percorremos muitas e muitas léguas, acredito.

Sua casa parecia um lugar muito distante agora, um lugar muito além daquelas árvores escuras. Uma coruja piou em um ponto na floresta e Tom sentiu uma leve pontada de pânico, de medo. Onde passariam a noite? Ele também estava cansado. Bocejou e estendeu os braços, fazendo com que o corvo voasse de repente, com um grito de surpresa.

— Meu Deus! Eu estava caindo no sono — disse o corvo. — Precisamos encontrar um lugar para descansar imediatamente. Venha.

Tom se acomodou embaixo de um dossel de folhas e galhos acolhedores. Descansou a cabeça na sacola de viagem, disse boa-noite para o corvo e, surpreendentemente, logo adormeceu. Deve ser toda essa caminhada, pensou no momento em que caía no sono.

O corvo voou em torno da floresta por algum tempo enquanto Tom dormia e acabou encontrando a coruja que piara sentada em seu galho-morada, bem oculto entre as árvores. Passou uma mensagem secreta e urgente à coruja, então voltou e se acomodou para dormir em um dos galhos acima de Tom.

A coruja passou a mensagem para outra coruja, que passou para outra, e assim por diante, até que na manhã seguinte, quando o velho Sr. Cícero Brownfield saiu na floresta oriental, a mensagem por fim o alcançou. "Tom está em segurança, no oeste" era a essência dela, com algumas elaborações das aves acerca da velocidade do vento, caçadas noturnas, entre outras. Cícero transmitiu as notícias ao Mestre enquanto tomavam uma bela xícara de café fresco de bolotas de carvalho.

— Até agora tudo vai bem — disse o Mestre —, mas vamos nos manter atentos a novas informações, Sr. Cícero, só por segurança.

Capítulo 15

Tom e o corvo tomaram um estranho café da manhã com nozes e água, depois voltaram para a estrada principal e continuaram a caminhada no sentido oeste enquanto a sombra de Tom se estendia ao longo da estrada à frente deles. Logo alcançaram uma placa indicando a direção de Roncadura, a umas 5 léguas dali.

— Olhe — disse Tom. — O caminho é aquele.

Quando chegaram ao vilarejo, Tom viu que se tratava de um lugarzinho sonolento, com apenas algumas casas de telhado de palha construídas em torno de um laguinho verde para patos, e uma estalagem. Alguns patinhos nadavam felizes no lago, mas não se via ninguém na estradinha. A velha estalagem se chamava Rosas e Urzes e havia um homem varrendo a soleira de sua porta. O corvo voejou, pousou perto do lago e ficou conversando com os patos enquanto Tom se aproximava do estalajadeiro da Rosas e Urzes.

— Bom-dia, senhor — disse Tom.

— Dia, meu jovem — disse o estalajadeiro, descansando a vassoura por um momento no portal e limpando as mãos no avental.

— Será que o senhor pode me ajudar? — perguntou Tom, educado. — Estou procurando um viajante que talvez tenha se hospedado aqui recentemente.

— Muitos viajantes passam por aqui, meu bom rapaz — disse o dono da estalagem.

— Era um rapaz muito alto, de ombros largos. Talvez carregasse um escudo circular e uma espada como esta. — Fez um gesto indicando a própria espada na bainha, que estava guardada debaixo do casaco.

— Muitos assim; eles têm armaduras, capacetes, escudos, espadas, o que você imaginar. Recebemos todos os tipos aqui, este é o lugar para isso — afirmou o estalajadeiro, afagando o queixo pensativamente.

— O nome dele é Joãozinho — insistiu Tom.

— Joãozinho, Tommy, Dickie, Harry, recebemos eles todos aqui por conta de... — O estalajadeiro de repente fixou os olhos no cajado com a trouxa de Tom. — Minto — disse ele —, passou por aqui alguém chamado Joãozinho, carregando uma trouxa envolta nesse mesmo tecido. Com a mesma estampa, esses corações. — Ele apontou para a trouxa de Tom. — Era um rapaz grande e jovem, de ombros largos, um belo e respeitável aventureiro. Um verdadeiro príncipe, e também muito generoso com sua cerveja no bar.

— Para onde ele foi? — perguntou Tom.

— Seguiu para o castelo encantado. Partiu muito cedo faz alguns dias, mas ainda teve tempo de se deliciar com um dos excelentes cafés da manhã da minha mulher. — O estalajadeiro assentiu com a cabeça e sorriu. — Ah, sim, um verdadeiro e nobre cavalheiro. Ficou muito satisfeito com aquele café da manhã. Só nunca voltou, veja você. Deixou o casaco e tudo, mas não o vimos mais desde então.

— Por favor, senhor, eu poderia ver o casaco? Ele é um dos meus irmãos mais velhos, sabe, e estou numa missão de aventura, numa busca para encontrá-los.

— Não sei — disse o estalajadeiro, pensando por um momento. — Bem, você parece um rapaz bastante distinto, e está usando uma trouxa com o mesmo tecido que o príncipe. É melhor vir comigo então.

O dono da estalagem conduziu Tom para o interior da casa. Estava escuro no bar, pois as persianas ainda estavam baixadas sobre as janelas.

— Espere aqui — disse o estalajadeiro.

O corvo precipitou-se pela porta aberta e pousou no ombro de Tom.

— Joãozinho esteve aqui — sussurrou Tom. — Viajando como um príncipe. Ele seguiu para um castelo encantado.

— Encantado — repetiu o corvo.

Então o estalajadeiro voltou com o casaco de Joãozinho, e o corvo calou-se rapidamente.

— Seu amigo? — perguntou o estalajadeiro.

— Sim, ele é domesticado — disse Tom. — Eu o criei desde o ovo.

— Ora, ora — disse o estalajadeiro. — As coisas que se veem neste negócio, nada mais o surpreende depois de um tempo. Aqui está o casaco.

Era mesmo o de Joãozinho.

— Uma bela gola de pelo de lobo — observou o estala-jadeiro, espiando sobre o ombro de Tom.

— Vou levar isto comigo, se me permite, senhor. Então, o senhor falou alguma coisa sobre um castelo encantado?

Capítulo 16

AINDA NAS TERRAS OCIDENTAIS
O CASTELO ENCANTADO

Tom e o corvo encontraram o castelo encantado com facilidade. Olhando-o, parado diante dele, Tom pensou como era estranha aquela visão. O imenso castelo erguia-se bem alto de encontro ao céu claro e estava coberto com folhas e rosas e galhos grossos e espinhentos. Havia um silêncio mortal pairando sobre tudo, como se o próprio tempo tivesse parado. Eles foram até a base da construção, onde começava toda aquela vegetação, e Tom deu uma volta por todo o castelo, olhando as torres e pináculos cobertos pela vegetação espinhenta. O corvo voou alto entre as folhas, mas não viu nenhum sinal de vida.

— Parece tudo adormecido — disse Tom.

Ele percebeu um túnel baixo, que parecia ter sido aberto recentemente no emaranhado de urzes. Joãozinho, ele pensou. Não havia nenhum sinal do irmão agora; ele tinha desaparecido, ou no mistério do castelo encantado ou então no nada. O corvo ficou para trás, na entrada, enquanto

Tom se abaixava no túnel e avançava por ele, passando com cuidado pelas fileiras pontudas de espinhos afiados.

Em seguida, cruzou as ripas de madeira da ponte levadiça e alcançou uma portinha de madeira engastada no meio de uma porta muito maior e totalmente coberta pela vegetação. A portinha estava entreaberta, e por trás dela havia a mais profunda escuridão. Tom respirou fundo e passou pela abertura, adentrando as sombras além. Em algum lugar à sua frente, ele percebeu algo pálido, uma forma pairando na escuridão. Foi tomado por um medo súbito. Também ouvia um barulho estranho, um suave ronco animal, vindo do espaço escuro à frente dele. Tom nada podia fazer. Ficou imobilizado pelo terror. Não conseguia ir adiante nem voltar. Estava paralisado, seus ouvidos parecendo ampliar cada som intensamente. Ouvia a água que pingava das urzes e folhas. Ouvia a respiração do animal feroz em algum ponto na escuridão. Era o ritmo baixo e constante de um lobo faminto, que Tom imaginou estivesse à sua espera. Ele deu um passo para trás e sentiu algo pontiagudo — uma adaga na mão de um ladrão silencioso, talvez? Ficou imóvel com a ponta aguda da adaga pressionando suas costas, e o animal feroz espreitando na escuridão adiante. Entre os dois males, ele pensou que talvez conseguisse enganar o lobo astuto e escapar. Seus irmãos certamente conseguiriam. Deu um passo à frente. Estava a tanto tempo no túnel que seus olhos haviam se acostumado à escuridão, e quando ultrapassou o vão da porta, adentrando o pátio sombrio, viu a forma pálida com mais clareza.

Não era um lobo, mas um homem caído no chão, todo emaranhado em folhas e rosas. O que ele ouvia eram os roncos do homem dormindo no matagal. Tom aproximou-se para olhá-lo. Era um soldado, cochilando entre as flores. Tinha uma lança e uma bandeira real, caída em dobras sobre ele, e abriu um olho enquanto Tom o examinava. Tom recuou um passo.

— Ela está lá em cima, no alto da torre — sussurrou o soldado com uma piscadela.

— Quem está lá em cima? — perguntou Tom.

— A princesa, é claro. Você se saiu muito bem, meu rapaz, chegando até aqui. Outros tentaram e fracassaram — disse o soldado, erguendo-se um pouco e sacudindo a cabeça. — Assim que você passar pela porta da torre, as rosas somem. Elas estão na frente, principalmente como exibição. Levaram séculos para ficar assim. Mas termine logo esse resgate para que possamos todos acordar, e não diga a ninguém que eu lhe contei nada. Você não me viu, se alguém perguntar. Eu estava dormindo profundamente — sussurrou ele.

— Estamos todos dormindo — disse outra voz do meio do matagal.

— Sei — replicou Tom. — Mas não creio que eu tenha sido mandado aqui para resgatar ninguém. Não é essa a minha missão, sabe? Estou procurando um dos meus irmãos: alto, de cabelos claros, forte, responde pelo nome de Joãozinho ou Príncipe Joãozinho.

— Pode ser qualquer um — disse o soldado muito baixinho e muito rabugento.

Tom se despediu do guarda dorminhoco e atravessou o pátio em direção à porta da torre.

Lá dentro estava escuro, pois as janelas estavam todas cobertas pela vegetação, mas os degraus em espiral estavam livres e ele pôde logo chegar ao topo. Havia algumas rosas pálidas, cor-de-rosa, pendendo em torno da porta. O efeito era mais romântico do que assustador. Tom abriu caminho entre elas, abriu a porta e entrou. Havia uma cama cercada por cortinas no meio do quarto. Ela erguia-se sobre uma plataforma e as cortinas tinham uma estampa de rosas e cupidos voadores disparando suas pequenas flechas. Tom aproximou-se da cama, subiu na plataforma, entreabriu a cortina e espiou lá dentro. Ainda temia que um lobo ou algo pior pudesse pular em cima dele, mas, quando baixou os olhos, viu que uma jovem dormia sobre as cobertas. Ela era loura e tinha a pele pálida. Seus lábios eram carmim e o vestido verde, estampado com folhas. Ela mesma parecia uma rosa, deitada ali, dormindo tão profundamente.

— Finalmente — soou uma voz doce vinda de algum lugar.

Tom afastou-se das cortinas e olhou o quarto à sua volta. Não havia mais ninguém ali. Ele voltou a enfiar a cabeça na abertura da cortina. A garota agora tinha um olho aberto. E o fechou rapidamente.

— Faça alguma coisa então — sussurrou ela e abriu o olho outra vez. — Ah, não — disse ela. — Você é um pouco jovem, não? Isso é o melhor que eles podem fazer?

— Deveria ter sido meu irmão, acho que essa é a história. Na verdade, estou procurando por ele. Ele é mais alto, mais velho, mais bonito... Você ia gostar dele se o visse. E foi para cá que as pistas me trouxeram.

— Olhe, eu tenho certeza de que você é um garoto muito bonzinho e tudo mais — murmurou a princesa —, mas eu vivo sob uma terrível maldição: dormir durante cem anos. É muito tempo para ficar aqui pensando. Preciso ser resgatada pelo primeiro beijo de amor agora, antes que a maldição se transforme em duzentos anos, entendeu?

— Não se preocupe, senhorita, quando o encontrar, eu o mandarei para cá imediatamente — disse Tom, subitamente alerta. — Meu nome é Tom Coração Leal, dos aventureiros Coração Leal, pode confiar em mim, senhorita... hã... desculpe, Vossa Alteza.

— Aproxime-se mais um pouco — disse a princesa. — Você é um menino meigo — disse ela, dando-lhe uma beijoca na bochecha —, mas como é que vou voltar a dormir agora quando me sinto tão desperta?

Depois que parou de corar, Tom pensou por um momento e disse:

— Minha mãe sempre canta uma canção de ninar quando eu não consigo dormir.

— Boa ideia — murmurou a princesa —, tente.

— Eu? Cantar?

— Por favor, por favor, por favor.

Assim Tom cantou uma canção de ninar, a única de que se lembrava. Era "Dorme, neném, que a Cuca vem pegar", que, se ele parasse para pensar nas palavras, tinha mais chances de despertar a pessoa, apavorada, do que de fazê-la dormir. No entanto, pareceu funcionar. Sua voz ecoava nas paredes de pedra e dentro de alguns minutos a princesa parecia outra vez profundamente adormecida.

— Estou indo procurar meu irmão agora — sussurrou Tom —, e, tão logo o encontre, vou mandá-lo imediatamente para cá para resgatá-la, eu prometo.

Não houve resposta: a adorável princesa mergulhara outra vez em seu sono encantado.

Tom desceu rapidamente a escada da torre. Disse adeus aos soldados adormecidos e retornou, saindo pela porta coberta de vegetação. Percorreu de volta o perigoso, espinhento e pontiagudo túnel, saindo para o ar livre. Viu o corvo empoleirado em uma moita de rosas.

— Temos de encontrar Joãozinho — disse Tom. — Precisam muito dele aqui para finalizar essa história antes que seja tarde demais.

O corvo levantou voo e pousou no ombro de Tom. Trazia no bico um envelope da Agência de Histórias.

— Chegou como uma Entrega Especial via vários pássaros — informou ele.

Tom abriu o envelope e leu a carta.

Caro Tom Coração Leal,

Suponho que esteja fazendo progresso e se encontre em segurança até aqui. Devo adverti-lo contra o homem maléfico e astuto que, ao que parece, busca a destruição da família Coração Leal. Você deve se manter vigilante e muito, muito cuidadoso em suas viagens. Trata-se de um homem alto e magro, com cabelos brancos, e que se veste de preto. As histórias que ele criou, até onde sabemos, encontram-se espalhadas por toda a Terra das Histórias.

Se você chegou ao oeste, sua próxima direção, depois de seguir as pistas, deve ser o sul. Aproveite o sol.
Saudações,

O Mestre

— Muito bem, Corvo, parece que devemos ir para o sul.
— Estarei logo à sua frente — disse o corvo.
Foi assim que Tom e Joliz partiram em sua jornada seguinte, para o sul.

Capítulo 17

A aventura de Jean o levou a atravessar o quente e acolhedor portão do sul. No segundo dia, ele se viu atravessando uma paisagem muito limpa e ordeira. Era formada por colinas arredondadas verdes e macias, que pareciam feitas de marshmallow cremoso. À medida que caminhava, Jean percebeu que praticamente todas as árvores por que passava agora haviam sido podadas em variadas formas. Às vezes eram simples, como pirâmides, cubos e espirais, e às vezes eram engraçadas e extravagantes, como pavões, ursos e xícaras de chá. Era como se toda a paisagem circundante tivesse sido roçada, aparada, varrida, pintada e podada.

As casas por que Jean passava em sua viagem pareciam todas muito pomposas também. Havia palácios dispersos aqui e ali, e eram ainda mais grandiosos do que as casas.

Um lugar estranho para uma aventura, pensou ele. Ora, eu só preciso pisar um pouco mais forte ou estender os braços um pouco mais para derrubar uma casa ou destruir todo um jardim cheio dessas árvores frágeis, e sacudiu a cabeça. Às vezes ele ficava assombrado com os duendes, os criadores de histórias e os joguinhos perversos que eles gostavam de inventar. Só para ter certeza, verificou a carta da Agência de Histórias em sua sacola de viagens. Lá estava ela na familiar tinta preta dos copistas da agência.

Caro Aventureiro,

Você deve procurar chegar ao Palácio Real no fim da tarde, quando é esperado, e será conhecido como Príncipe Encantado. No palácio, você receberá roupas apropriadas para um príncipe magnífico e seus outros deveres lhe serão dados a conhecer então.

Atenciosamente etc.

— Deve ser este o lugar — disse a si mesmo e prosseguiu pela estrada.

O Grandioso Palácio Real, 16H59

Jean marchou diretamente para a porta de entrada do imenso palácio real. Ele estava de fato sendo esperado e foi levado de imediato para um belo quarto. Roupas limpas, adequadas para um príncipe encantado, estavam estendidas em uma enorme cama de colunas. Um homem muito magro de cabelos brancos e vestido de preto mostrou-lhe tudo, falando o tempo todo com grande solenidade e um brilho sinistro nos olhos.

— Olhe este veludo e este arminho — sibilava ele —, esta seda e este cetim. Tão encantadores e convenientes a tal príncipe, meu senhor.

Jean foi obrigado a escarafunchar todas as roupas que lhe eram oferecidas e escolher um traje.

— Senhor — disse o criado, fazendo uma mesura —, achamos que um baile deveria ser oferecido para celebrar o aniversário de nosso Príncipe Encantado, e, para esse fim, rascunhei este convite. — Ele entregou um rolo de pergaminho ao príncipe. Quando Jean o pegou da mão do criado, seus dedos se tocaram por um instante, e Jean sentiu uma estranha friagem envolvê-lo.

Sua Majestade o Rei e Sua Alteza Real a Rainha
Convidam-no para um baile de máscaras
em celebração do Aniversário do nobre
Príncipe Encantado *no Palácio Real.*
Comida e fogos de artifício.
Carruagens até depois da meia-noite

— Muito bem — disse Jean. — Parece bastante claro.

O sinistro criado pareceu ficar encantado. Pegou rapidamente o pergaminho para cuidar de sua imediata distribuição. Tudo que Jean queria fazer era ter uma aventura digna. Era muito mais um homem de ação do que um almofadinha vestido de seda. Não lhe agradavam as roupas que tinha de usar ali — eram muito diferentes das rústicas túnicas e casacos de aventureiro que costumava vestir e que gostava de deixar pendurados com os escudos e as armas. Essas sedas e cetins teimavam em subir e as meias de seda ficavam retorcidas em suas pernas musculosas. E os sapatos tinham saltinhos, como os de uma garotinha boba; equilibrar-se neles não seria nada divertido.

Capítulo 18

A noite do baile chegou. O sinistro criado de preto era a eficiência em pessoa enquanto o palácio e os jardins eram transformados e decorados. Lanternas chinesas pendiam das árvores e havia velas e guirlandas de rosas. E uma imensa multidão de gente esnobe e vestida com muito exagero espalhava-se pelo salão de baile no momento em que o Príncipe Encantado fez sua entrada triunfal. Jean pôs seu melhor pé à frente, engoliu o orgulho e quase caiu de cabeça da suntuosa escada, calçado com seus sapatos altos, apertados e ridículos. Ah, o que não daria por um par de boas botas de sete léguas, pensou ele enquanto se empertigava com um sorriso fixo no belo rosto. Mas ele logo se recobrou e dançou com várias das nobres jovens. Elas, naturalmente, dançavam com grande estilo e profissionalismo, mas não havia nenhum interesse e nenhuma centelha entre elas e o príncipe.

Jean estava muito entediado a essa altura com suas enfadonhas obrigações como Príncipe Encantado. Ele quisera representar o vistoso príncipe, é claro, mas não dessa maneira, não vestido com meias de seda, como um almofadinha, escondendo-se atrás de uma máscara de veludo preto. Ele havia dançado obedientemente com todas as jovens casadouras no reino, e também com uma ou duas talvez não tão casadouras assim. Havia duas em particular, acompanhadas por uma mãe muito abusada, que ficavam o tempo todo chamando a atenção para si e lançando olhares de peixe morto para ele. Ele havia dançado com cada uma delas uma vez, e certamente isso era mais do que suficiente, e além de sua obrigação na história.

Ouviu-se uma súbita fanfarra de cornetas e as portas se abriram no topo da escada do salão de baile. Então surgiu uma jovem com um vestido de seda cinza tremeluzente. Ela tropeçou ligeiramente ao descer os degraus e todos os olhos seguiram a linda, encantadora e misteriosa recém-chegada. Jean percebeu que nos pés delicados ela usava sapatinhos de cristal; era esse o sinal que estava esperando. Aproximou-se da adorável jovem e caprichou para fazer uma mesura elegante. De repente, sentia-se muito animado. Eles dançaram juntos, ao que parecia durante horas, girando e girando ao som da música.

O SALÃO DE BAILE DO PALÁCIO
23H45

Depois de muitas danças juntos, Jean ofereceu-se para buscar uma taça de champanhe refrescante e ela docemente assentiu. Ele saiu para o terraço e esperou enquanto seu criado ia buscar duas taças de champanhe gelada. Ele esperava que a adorável jovem também saísse e viesse se juntar a ele. Olhou para a lua, para as estrelas e o azul profundo do céu, e disse para si mesmo: "Estou apaixonado. Tenho de admitir. É ridículo, mas é verdade. O que mais pode estar acontecendo comigo? É o tipo de coisa com que mamãe está sempre nos mandando tomar cuidado."

O TERRAÇO DO PALÁCIO
23H59M56S, PRECISAMENTE

O relógio do palácio zumbia e estalava à medida que ia se preparando para a meia-noite. Logo haveria a exibição de fogos de artifício. Jean debruçou-se na balaustrada e inspirou o ar perfumado por jasmins. Todos os seus sentidos pareciam aguçados: o tato, o paladar, o olfato e a visão. Infelizmente, sua audição não foi muito afetada, caso contrário ele teria ouvido alguém movendo-se furtivamente por trás dele no terraço. A próxima coisa que percebeu foi um cheiro doce, estranho e enjoativo se sobrepondo ao perfume do jasmim. À medida que o inspirava, o retinir dos sinos dos carrilhões do relógio soava indistinta e estranhamente hesitante. Ele tentou acompanhar as batidas dos carrilhões enquanto esperava que o primeiro foguete fosse lançado em sua névoa de faíscas douradas.

Tique nove, *Taque* onze,
Tique três, *Taque* sessenta e quatro...

Algo estava muito, muito, muito errado. A última coisa que ele se lembrou de ter ouvido antes de acordar numa masmorra distante e muito escura, era a voz da garota nos sapatinhos de cristal, o novo amor da sua vida, gritando de algum lugar muito distante: "Oh, não!" enquanto ele caía e deslizava para um sono profundo no terraço do palácio.

Capítulo 19

Tom e o corvo fizeram um grande progresso enquanto caminhavam pela linda estrada do sul a partir da encruzilhada perto de Roncadura. Era uma caminhada agradável entre coelhinhos, esquilos e passarinhos azuis cujo canto soava como flautas. De repente, um dos lindos pássaros deixou cair um envelope aos pés de Tom e partiu. Era da Agência de Histórias e estava endereçado a Tom. Ele o abriu e lá dentro encontrou apenas um minúsculo quadrado de papel no qual estava escrito:

Caro Tom Coração Leal,

Esta é uma cópia da pista que acreditamos ter sido enviada para seu irmão Jean. Vá para o sul e encontrará uma terra muito ordeira e bem-cuidada.

Procure uma jovem usando sapatinhos de cristal.

Atenciosamente,

A Agência de Histórias

Tom leu a mensagem para o corvo.

— Você diria que estamos numa terra ordeira? — perguntou Tom.

— Acho que saberemos quando a virmos — disse o corvo.

Eles caminharam até o fim da tarde quando ambos notaram algo nos arredores da cidadezinha da qual se aproximavam. Pela primeira vez se deram conta de que talvez estivessem em um lugar muito ordeiro.

— Isso deve ser um local ordeiro — disse Tom, olhando para as casas por que passavam. Eram altas, cinza e brancas. Davam a impressão de que um leve sopro de vento, a mais suave das brisas, as derrubaria por completo. Os jardins na frente das casas tinham fileiras retas de árvores esguias podadas e recortadas em compactas formas triangulares. As árvores pareciam feitas de um papelão muito fino. Eles passaram por avenidas inteiras de casas, mansões e jardins, e todas tinham a mesma aparência refinada, limpa e ordeira.

— Parece muito ordeiro para mim — disse o corvo. — Se este lugar *não* é ordeiro, eu não sei o que é.

— Acho que isso significa que estamos lá, sim — afirmou Tom. — Agora só precisamos encontrar alguém com sapatinhos de cristal nos pés.

— Ah, eu acho que eles devem custar uma ninharia por aqui — disse o corvo. — Olhe para ela, por exemplo.

Do outro lado da avenida, uma mulher caminhava com um minúsculo cãozinho. Ela usava uma peruca alta e cinza empilhada no alto da cabeça. No topo da peruca via-se um diminuto chapéu de palha com um trêmulo passarinho de seda empoleirado nele. Seu vestido era muito estreito na cintura, mas muito cheio e amplo na saia, fazendo-a parecer um abajur extravagante. Ela levava um cajado de pastor com um laço de fita cor-de-rosa amarrado a ele e seu minúsculo cãozinho tinha uma guia feita de fita de duende, também cor-de-rosa. O cão usava um casaco com a mesma estampa do vestido da mulher.

— Ora, eu não ficaria nada surpreso se ela tivesse sapatinhos de cristal ali embaixo — disse o corvo.

— Verdade? — perguntou Tom. — Não posso simplesmente ir até ela e perguntar, posso?

— Não exatamente — respondeu o corvo —, mas você precisa admitir que este é um lugar de aspecto muito, muito ordeiro e asseado.

Eles logo chegaram ao centro da cidadezinha elegante. Tom nunca vira um lugar assim. Estava acostumado a casas de madeira simples e rústicas escondidas em clareiras na floresta, recobertas de musgo verde e macio e de hera escura. Por perto sempre havia lenhadores, soldados, lobos peludos malvados e fazendeiros peludos malvados e aventureiros peludos corajosos. Aqui as casas eram todas decoradas em ouro ou calcário branco ou tijolos cor-de-rosa.

Todas as árvores e arbustos eram podados e cortados em formas tolas e extravagantes ou fincados em grandes vasos ladeando as portas da frente e os portões das casas. As pedras dos pavimentos eram cinza e bem polidas, e de vez em quando uma carruagem grandiosa puxada por cavalos passava pelos dois. Havia equipes de pessoas humildes na estrada vestidas com aventais, que estavam ali apenas para recolher cocô de cavalo com pequenas pás de prata, de tão organizado que era tudo ali!

Tom se sentia muito maltrapilho, e de fato era alvo de olhares estranhos das pessoas pelas quais passava, talvez por causa de Joliz, o corvo, que seguia, feliz, no ombro do menino. Quando atravessaram uma avenida ladeada por lojas elegantes, ele de repente voou e pousou bem alto em uma placa.

— O que está fazendo agora, Corvo? Venha, você não pode ficar empoleirado aí, parecendo posar para um lindo quadro — disse Tom.

— Olhe a placa — respondeu o corvo, cauteloso, falando bem baixinho pelo canto do bico.

Tom ergueu os olhos. A placa pendia de um elaborado suporte de ferro, com arabescos e formas retorcidos. Era um quadrado de madeira elegantemente trabalhada com a palavra "Café" pintada nele.

— Bem — disse Tom, confuso —, trata-se de um café, sejá lá o que isso quer dizer.

— É um lugar aonde as pessoas vão para beber café — disse o corvo —, mas não é isso o que interessa. Olhe a imagem na placa.

Tom tornou a olhar e realmente havia uma delicada pintura de um sapato de cristal, um sapato feminino com um saltinho fino da moda e uma elegante fivela de vidro.

— Sapatos de cristal — disse Tom. — Venha, vamos descobrir o que isso significa.

— Você entra, Tom — disse o corvo. — Não tenho muita certeza se serei bem-vindo em um lugar esnobe como este.

Assim, Joliz o corvo ficou esperando na placa pendente, enquanto Tom abria a porta do café e entrava.

O café estava animado, com certeza. Todos os tipos de personagens sentavam-se a mesinhas, bebendo em xícaras minúsculas e elegantes. Entre eles Tom viu um rei com sua coroa, lendo um pergaminho de notícias. Havia também uma garota muito bonita em roupas cinza, com o rosto coberto de fuligem e manchas de sujeira. Ela estava falando com um grande urso peludo que usava um colete de tweed.

— Mas veja só — ela ia dizendo —, eu tinha tudo: roupas bonitas, um vestido com capa de seda cinza, tiara, tudo me dado por magia, direto e sem rodeios, por minha própria Fada Madrinha, que, diga-se de passagem, tinha a aparência muito estranha. Volte antes da meia-noite, ela me avisou. Mas, meu Deus, eu me apaixonei, não foi? Exatamente à meia-noite. Até então estava tudo indo muito bem. Dancei a noite toda com um príncipe muito atraente, e sei que ele estava se apaixonando por mim também. O relógio começou a bater a meia-noite, foi culpa minha, eu sei que fui avisada, mas assim mesmo saí ao terraço para uma romântica taça de champanhe com o príncipe... não pude resistir... E o que foi que eu vi? O pobre príncipe sendo sequestrado, sim sequestrado. Os fogos começaram e, em meio às explosões enquanto todos exclamavam *ooh* e *ahh*, eu tentava dizer a todos aqueles inúteis lacaios que o pobre príncipe fora raptado. O relógio bateu a décima segunda badalada com um grande retinido e todas as minhas roupas elegantes simplesmente desapareceram. E lá estava eu de volta nestes farrapos. Bem, naturalmente, saí correndo dali o mais rápido que pude, isso eu posso lhe garantir. Tropecei e perdi um dos sapatos de cristal. Por alguma razão, aqueles lindos sapatinhos não desapareceram.

— Você me contou tudo isso ontem — disse o grande urso, fitando sua xícara, desanimado.

Tom ficou ali em silêncio, apenas ouvindo, esperando não ser notado.

— Está tudo muito estranho ultimamente — disse o urso. — Aquela garota horrível ainda está em nossa casa, não consigo tirá-la de lá, minha mulher está muito aborrecida, e quanto àquele minúsculo ursinho, bem, ele é um estorvo para nós. Não tem nenhum parentesco conosco e, nos melhores dias, é um pequeno incômodo. Só traz problemas e é mal domesticado, comportando-se mal o tempo todo. Está tudo no contrato para a história, portanto é com ele que temos de trabalhar. Mas não sei o que a Agência vai fazer a respeito.

— É isso que estou querendo dizer — disse a garota suja de cinzas. — Não se pode ter príncipes sequestrados assim sem nenhuma razão. Ele era apenas um aventureiro inocente, fazendo seu trabalho da melhor maneira possível, e então foi levado por algum malfeitor esquisito. Não é isso que deveria acontecer na história, é?, eu pergunto. Esse não é um fim adequado.

Tom ouvia, perplexo. Um aventureiro inocente, um sapato de cristal, certamente ela estava falando de Jean. Essa garota devia fazer parte da história de Jean. Uma história que fora interrompida por um sequestro. Isso, com certeza, era finalmente uma prova de que algo ruim e perigoso de fato acontecera com seus irmãos.

Tom então falou.

— Desculpe-me, senhorita — começou ele —, mas não pude deixar de ouvi-la. Meu nome é Tom Coração Leal, e estou numa missão de busca aos meus irmãos desaparecidos. Eles são todos aventureiros, assim como eu... de certa forma, embora ainda seja apenas um aprendiz. Acredito que o homem que você viu sendo sequestrado pode muito bem ter sido meu irmão Jean.

— Jean — disse a garota. — Bem, este é um nome apropriado. Ele combinava com um nome assim. Disseram-nos que ele se chamava Príncipe Encantado, mas não havia nenhum primeiro nome, obviamente. Eu também já estava gostando muito dele.

O urso sacudiu a enorme cabeça peluda.

— Sabe, Tom — prosseguiu a garota —, meu pobre pai se casou com uma mulher horrível, que tem duas filhas horríveis. Tudo que eu faço é correr atrás delas o dia todo para servi-las e limpar a casa.

O urso peludo de repente se levantou, murmurando:

— Quem ouviu isso uma vez, ouviu vinte. — E se foi, desajeitado, espremendo o grande traseiro peludo por entre as mesinhas delicadas.

— Em casa me chamam de Cinderela — continuou a linda jovem —, e elas acham que essa é uma excelente piada, pois vivo coberta de cinzas o dia todo de tanto limpar suas lareiras sujas. Preciso escapar dessa vida, e logo. Aquele belo príncipe, se era mesmo o seu irmão, era minha melhor esperança. Se conseguir encontrá-lo, por favor, mande-o de vólta para me salvar. Sei que ele encontraria uma forma. Ele parecia tão grande, tão corajoso e tão forte. — E ela fungou quando uma lágrima caiu em sua xícara de café.

— Vou fazer tudo que puder, senhorita — disse Tom. — Encontrarei um meio... Afinal, sou um Coração Leal.

Um homem de avental, com uma bandeja de delicadas xícaras equilibrada no braço, bateu no ombro de Tom.

— Posso lhe servir alguma coisa, meu jovem e nobre senhor? — perguntou com uma expressão zombeteira. — Ou o senhor só está de passagem por aqui a caminho de um lugar menos elegante?

— Estou saindo agora, senhor — respondeu Tom. — Não se preocupe — disse ele para a linda garota com o rosto sujo de cinzas. — Vou descobrir o que aconteceu. Vou até o jardim do palácio para ver se acho pistas. Vou encontrá-lo para você.

Ela se inclinou para a frente e o segurou pelo braço.

— Faça isso, por mim — sussurrou ela. — Não sei se consigo suportar por muito tempo essa vida terrível de limpar, esfregar e outras coisas. Preciso que ele me resgate, e logo. E eu o amo de verdade.

Tom então tentou tranquilizá-la e voltou precipitadamente para a rua. Uma pequena multidão de pessoas vestidas com exagero havia se reunido e olhava o corvo empoleirado no alto do café.

— Aquela ave está estragando o charme da placa — disse alguém.

— Que criatura feia — afirmou outra pessoa.

— Alguém me disse que ela fala.

— Verdade? Um corvo enfeitiçado à solta? Não sei o que a Agência de Histórias pensa que está fazendo hoje em dia. — Dizendo isso, o cavalheiro assoou o nariz ruidosamente em um lenço de seda cor-de-rosa.

— Venha, Corvo — chamou Tom.

O corvo desceu e pousou no ombro de Tom, e a multidão formalmente vestida abriu caminho para o jovem aventureiro e seu companheiro.

— Acho que ele é um bruxo — sussurrou alguém.

— Não o olhe nos olhos — sibilou outra pessoa.

— Parece que ele tem pulgas — disse uma terceira. — A ave, quero dizer.

O corvo voltou a cabeça para a multidão e emitiu o ruído mais áspero e alto que um corvo poderia emitir.

Tom e Joliz percorreram o caminho até os jardins do palácio. O corvo voou de um lado para o outro sobre o gramado e as sebes, esperando ver alguma coisa que servisse de pista.

— Nenhum sinal ainda? — perguntou Tom.

— Nada — disse o corvo. — Espere, Tom, estou vendo alguma coisa reluzindo debaixo da sebe ao lado dos degraus.

Tom foi até lá e tateou embaixo dos arbustos aparados; sua mão tocou algo liso e frio. Ele puxou um minúsculo e delicado sapato de cristal. Era um elegante modelo feminino para a noite com um saltinho fino. Ele o segurou com cuidado nas mãos.

— Foi como a garota falou: ela perdeu um sapatinho de cristal quando foi embora correndo.

— É preciso cuidado com ele — disse o corvo. — Trata-se de uma prova, e parece que pode quebrar facilmente.

— Tem razão, Corvo — concordou Tom, e envolveu o sapatinho cuidadosamente no casaco macio e quente em sua bolsa de aventureiro.

— Vamos levá-lo conosco. É uma prova real. Nunca se sabe, mas acho que ele poderá vir a ser útil em algum momento — disse ele, e partiram.

Capítulo 20

A História de Joca
Algumas semanas antes, no Reino Nordeste.
Zero Grau Centígrado, 16 horas

A carta que Joca recebeu da Agência de Histórias (presa por uma fita de duende numa lâmpada acima da escada) levou-o para o distante e remoto nordeste da Terra das Histórias. Ele caminhou em meio a tempestades de neve e ventos frios e impetuosos, até que certa noite viu uma casinha de aspecto aconchegante escondida entre uma fileira de árvores. Ela o fez lembrar-se de sua casa. Tinha uma chaminé que lançava rolos de fumaça branca no ar e uma luz acolhedora brilhando nas janelas; parecia bastante convidativo. Parece um lugar bom para descansar, pensou Joca, tremendo no frio. Então ele bateu na sólida porta de madeira que logo foi aberta. Um homenzinho — mais para um anão, na verdade — olhou-o de baixo com uma expressão preocupada.

— Boa-noite, viajante — disse ele.

— Posso entrar um pouco e me aquecer? Estou viajando há dois dias e duas noites, e parece que esta vai ser outra noite de muito frio — afirmou Joca.

— Pode entrar — respondeu o homenzinho —, mas devo adverti-lo de que estamos todos armados.

Joca se abaixou e entrou na casinha.

— Joca Coração Leal, aventureiro — apresentou-se.

— Olá, Joca — veio um coro de vozes, pois havia mais homenzinhos.

— Parece que vocês são muitos — observou Joca, quando eles se reuniram à porta.

— Somos bem numerosos, é verdade — disse um deles. — Trabalhamos todos juntos, nós sete, na grande mina de diamantes.

— É isso mesmo, somos sete — afirmou um homenzinho sorridente. — Uma grande família feliz.

— Bem, fomos felizes um dia — disse um homenzinho com ar abatido, fungando. — Não somos mais.

— É verdade, éramos uma família feliz e maior, não faz muito tempo.

— Entendo — disse Joca. — Sou um aventureiro enviado para continuar uma história nesta área. Quem sabe não posso ajudá-los?

— Receio que seja tarde demais para qualquer ajuda. Se ao menos você tivesse chegado há alguns dias.

— Por quê? O que aconteceu? — perguntou Joca.

— É uma longa história. Sente-se diante do fogo, jovem, coma a ceia e então eu lhe contarei.

Assim, Joca se acomodou numa cadeira confortável diante do fogo e o homenzinho contou sua história.

— Tínhamos uma rainha muito má aqui no nordeste. Era uma feiticeira cruel, entre outras coisas, e tinha muito ciúme de sua adorável enteada, Branca de Neve. Um dia, ela mandou um caçador matar a pobre garota e disse a ele que retirasse o coração da jovem como prova. O caçador não conseguiu fazer aquilo. Ele disse a Branca de Neve que fugisse, matou um javali e levou o coração sangrento do animal para mostrar à rainha.

"Branca de Neve encontrou nossa casinha e ficou morando aqui conosco; ela cuidava da gente e nós a protegíamos. A rainha má tinha um espelho mágico e descobriu que Branca de Neve continuava viva, afinal. Disfarçou-se então e encontrou Branca de Neve aqui dando-lhe uma maçã envenenada. Quando a menina mordeu a maçã, mergulhou em um sono encantado do qual somente um beijo do amor verdadeiro poderá despertá-la. Nós perseguimos a rainha má e ela mergulhou para a morte em um desfiladeiro coberto de gelo. Então pegamos nossa adorável Branca de Neve, fizemos um caixão de cristal e a escondemos em um lugar bem seguro."

Joca recostou-se na cadeira, assombrado. Essa certamente era a sua história. Ele devia ser o escolhido para despertar Branca de Neve.

— Vocês me levam a esse lugar secreto? — pediu Joca.

— Estou certo agora de que é meu destino despertar a adorável Branca de Neve de seu sono da morte. Fui enviado para ser o príncipe.

— Não sei — disse o homenzinho que narrara a história, cujo nome era Joe. — Podemos confiar em você? — Ele correu os olhos pelos seis irmãos. — O que achamos? — perguntou.

— É engraçado — disse Joca —, mas eu também tenho seis irmãos, e esta sua casinha me lembra demais a minha casa: a mesma atmosfera aconchegante, livros, lareiras, todos reunidos contando histórias como esta.

— Ele tem seis irmãos — disse Joe.

— Então deve ser um bom sujeito — afirmou outro.

— Vou levar você — anunciou Joe. — Partimos à primeira luz da manhã.

No dia seguinte, Joe e Joca despediram-se dos outros. Joca trocou um aperto de mão com os seis que ficaram para trás, e então, agasalhando-se com o casaco de inverno e erguendo seu cajado com a trouxa, saiu com Joe para a neve.

Eles não tinham ido muito longe em sua jornada para o leste quando encontraram outro viajante na estrada. Um homem alto coberto por um longo casaco negro, que caminhava penosamente pela neve na mesma direção. Ele se juntou aos outros dois viajantes, e gentilmente o pequeno Joe os guiou por uma rota complicada através da perigosa área rural. Joe estava acostumado às rajadas de neve, aos precipícios e elevados rochedos daquele lugar selvagem, pelo que o estranho de casaco escuro sentia-se grato. Quando Joca pensou que estavam irremediavelmente perdidos, o pequeno Joe tirou o chapéu e gesticulou para que os outros dois homens fizessem o mesmo. Haviam chegado a um bosque, um semicírculo de píceas. As copas das árvores estavam brancas com a neve, mas os densos galhos mais baixos ainda exibiam um verde-escuro intenso. Os ramos formavam uma rede de braços entrelaçados, uma espécie de teto protetor. Debaixo deles, apoiado em uma plataforma natural na rocha, estava uma comprida caixa de vidro. Joe voltou-se para os dois homens e indicou, sem falar, que deviam segui-lo. Então adiantou-se muito lentamente pela neve profunda, e Joca e o homem alto de preto o seguiram até que se viram de pé ao lado da caixa de vidro. Branca de Neve encontrava-se lá dentro. Sua pele era branca como a neve, os lábios eram vermelhos como sangue, e os cabelos eram tão escuros quanto a asa de um corvo. Joca foi imediatamente flechado pelo amor. Seu coração se partiu ao ver a linda garota tão perfeita e profundamente adormecida em seu feitiço. Ele queria tocá-la, afagar seus cabelos, pousar um beijo naquele rosto pálido. Pediu a Joe que erguesse a tampa do caixão de vidro.

O homem de casaco preto sussurrou:

— Eu faço isso. Tenho altura e força, afinal de contas.

— Posso ser um anão — disse Joe, zangado —, mas sou mais forte do que dez de vocês, homens comuns. — Ele inclinou-se para a frente, abriu o fecho da tampa de vidro, e a ergueu em suas dobradiças de ouro.

— Um belo trabalho — disse o homem de preto.

— Shh — repreendeu Joe, agora furioso com o sinistro desconhecido e desejando não ter permitido que ele os acompanhasse. — Tenha algum respeito.

Joca ajoelhou-se ao lado do caixão aberto e olhou o rosto de Branca de Neve, tão pálido, tão puro, e o amor cresceu em seu coração. Ele inclinou-se para depositar um beijo no rosto dela. Mas, antes que o alcançasse, sentiu seu perfume. Era um aroma doce, talvez doce em excesso, como um pote de rosas murchas que tivesse ficado tempo demais ao sol. Sua cabeça girou e de súbito ele sentiu uma fraqueza. Então ouviu uma voz fria, calma e sussurrada muito perto de seu ouvido.

— Usei a mesma droga em nosso pequeno amigo anão aqui, e em seus irmãos também, Sr. Pretenso Aventureiro Coração Leal, cada um deles até agora tão indefeso quanto você. Que coleção de tolos musculosos. Como tudo tem sido tão fácil até então.

Joca já não podia falar. Ele só olhava fixamente à frente, cheio de horror, percebendo que o amor de sua curta vida, esta Branca de Neve, que era sua Julieta, sua Cleópatra, sua Helena, agora não tinha a menor proteção. Só conseguiu vislumbrar o pequeno Joe caído ao lado dele, talvez morto, antes que ele próprio mergulhasse em um sono profundo, caindo na neve macia e acolhedora.

Capítulo 21

TOM NA ESTRADA
11 HORAS

Tom carregava a sacola com o sapatinho de cristal com muito cuidado. Fazia uma linda manhã, o sol brilhava forte e os pássaros cantavam. O corvo encontrava-se em um estado de espírito "voar à frente". Tom o alcançou e eles conseguiram conversar um pouco antes que a ave voasse novamente pela estrada reta que seguia para o norte.

— O que será que aconteceu de verdade com todos os meus irmãos? Onde eles estão, e por quê?

— Alguém malvado com certeza deve estar mantendo os seis prisioneiros — disse o corvo. — O Mestre disse para termos muito cuidado, e é o que devemos fazer.

— Um vilão perverso, sem dúvida — concordou Tom. — E o que você sabe sobre tudo isso, hein, Joliz?

— Isso eu não posso lhe dizer — respondeu o corvo. — Estaria ajudando você. Só posso dizer que devemos ter muito cuidado com qualquer um que encontrarmos. Você está em uma missão especial enviada pelo Mestre, e quem quer que esteja fazendo isso está obviamente tentando destruir o Mestre e todos e tudo na Terra das Histórias.

— Imagine se ficássemos sem histórias — disse Tom.

— Nem pense nisso — replicou o corvo. — Todos nós precisamos de histórias. Você sabe, Tom, já vi pessoas fazendo longas filas diante das livrarias da Agência de Histórias para ler tudo sobre um de seus irmãos e sua última aventura quando os livros são lançados. Filas inteiras ocupando toda a extensão da rua.

— Verdade? — espantou-se Tom. — Toda a extensão da rua?

— Toda a extensão da rua: diante da livraria, dobrando a esquina e indo além. Principalmente quando *João, o Matador de Gigantes*, foi publicado — disse o corvo.

Tom tinha dificuldade em imaginar um mundo tão distante, quilômetros além dos bosques, florestas e montanhas da Terra das Histórias. Um lugar agitado, onde as pessoas levavam vidas comuns, e, em suas jornadas de ida e volta para o trabalho, liam tudo sobre seu pai ou um de seus irmãos. Talvez à noite, reunidos em torno de suas lareiras aconchegantes, em vez de ouvirem dos próprios irmãos contando a história cara a cara, como acontecia com Tom, elas imaginariam os acontecimentos, e ouviriam a voz do narrador em sua cabeça ao lerem para si mesmas as histórias ou em voz alta para outra pessoa. Ele supunha que fosse essa a razão de o livro ser impresso, para que todos, em todos os lugares, pudessem se deleitar com uma boa história de aventura, e ouvir a aventura do narrador contada por ele mesmo, como ele a viveu; era simples, de fato. Agora alguém muito mau estava disposto a acabar com toda essa diversão, para sempre.

Eles continuaram andando por dois dias e duas noites, e, num determinado momento, pareceram ter cruzado uma fronteira. E se viram em um lugar muito frio.

— Devemos estar no extremo norte agora — disse Joliz. — Com certeza, está fazendo bastante frio, brrr.

Tom se agasalhou com o casaco de inverno de Joãozinho e ficou feliz por tê-lo. Manteve o sapatinho de cristal protegido, enrolando-o no tecido dos Coração Leal que fazia a trouxa.

Então prosseguiram, deparando-se com neve e ventos uivantes. Quando anoitecia, viram uma luz afastada da estrada, em um pequeno bosque. Foram até o local protegido e encontraram seis anões com lanternas, picaretas, armas, pás, de pé em torno de um caixão de cristal. Tom pôde ver uma linda jovem, com a pele muito clara e os cabelos negros, dormindo profundamente na caixa de vidro. Os anões fungavam e choravam enquanto cavavam um buraco fundo no chão.

— Perdoe-nos, senhor, se continuamos — disse um dos homenzinhos lacrimosos —, mas devemos terminar esta terrível tarefa antes que a noite caia de vez.

— Quem é ela? — perguntou Tom.

— É a encantadora Branca de Neve. Ela está sob um feitiço do sono e só pode ser acordada por um beijo do verdadeiro amor. Um nobre viajante apareceu e pensamos que ele seria capaz de despertá-la. Nosso irmão Joe partiu com ele para trazê-lo até aqui. Faz muitos dias e não os vemos desde então. Quando viemos procurá-los, encontramos apenas isto, a espada curta de Joe caída na neve. — Ele pegou uma arma larga e curta e a segurou acima de sua cabeça, onde a luz da lanterna cintilou na lâmina afiada.

— Ela continua em seu sono da morte, sua última chance perdida. Então vamos enterrá-la neste local sagrado para sempre. — O homenzinho suspirou e voltou a enfiar a pá na terra fria.

— Espere — pediu Tom. — Estou à procura de meus irmãos desaparecidos. Qual era o nome desse viajante?

— Joca, eu me lembro — disse o homenzinho. — Um jovem aventureiro de bela aparência, devo dizer.

— É um dos meus irmãos, amigo. E ele certamente tem o propósito de despertá-la. Este corvo e eu estamos seguindo pistas e vamos encontrá-lo, não temam. Meu nome é Tom Coração Leal, da família de aventureiros Coração Leal, e nada irá me deter. Vou trazê-lo de volta para acordar esta jovem, portanto, por favor, eu lhes peço que não a enterrem.

— O que vocês acham, rapazes?

— Não fará mal nenhum esperar mais um pouco. Prefiro qualquer coisa a este terrível e definitivo enterro — disse um deles de dentro da cova.

— Concordo. Vamos dar ao garoto a chance de trazê-lo de volta.

— Estamos de acordo então?

— Estamos — responderam todos em coro.

— É melhor você voltar conosco, rapaz, e comer uma refeição quentinha em casa.

Tom e o corvo passaram uma noite confortável com os seis anões em sua casa aconchegante. Todos contaram histórias em volta da lareira antes de ir para a cama. Tom lhes contou tudo que havia acontecido com ele.

Pela manhã, antes de Tom e Joliz partirem, os anões insistiram que Tom levasse a espada de Joe com ele.

— Se encontrar seu irmão, vai encontrar Joe também, e, se o que você diz é verdade, vocês vão precisar de um defensor destemido e de uma boa arma.

Assim, Tom afivelou sua primeira espada de verdade sob o casaco pesado. E, enquanto seguiam a longa estrada que levava para o leste através da Terra das Histórias, ele sentiu-se mais do que nunca um aventureiro de verdade.

Capítulo 22

Juan havia partido em sua jornada com o espírito inquieto. A carta de sua história o tinha perturbado mais do que admitiria. Não havia o menor indício de romance à frente, apenas lodo, umidade e sofrimento. No Portão Oriental, era difícil distinguir qualquer coisa, de tão ruim que era a visibilidade. O portão propriamente dito assomava em meio à neblina. Era feito de varas de salgueiro e galhos nodosos e retorcidos, todos trançados juntos. O guardião no portão saiu apressadamente de sua cabana a fim de erguer a barreira para Juan, fez um cumprimento com o chapéu e disse:

— Bem-vindo à terra das bruxas, dos magos, feitiços e feiticeiros, Sr. Coração Leal, o senhor está sendo esperado. Tenho-o aqui em minha lista para uma transformação. Sapo, não é?

— Sim, é isso. Ande, então, acabe logo com isso — disse Juan.

— Ah, não, sou apenas o guardião do portão. Este duende irá instruí-lo, e boa sorte para o senhor. — Imediatamente reuniu-se a ele, como se saísse do nada, um duende do bosque vestido à moda habitual dos duendes: todo coberto de folhas, musgo, pedaços de galho e folhagem.

— O nevoeiro voltou intenso, não foi? — perguntou ele a Juan.

— Sim, com certeza — respondeu Juan, educadamente.

— Sobrenome Coração Leal, não é? Nome Juan? — perguntou o duende, examinando à pouca luz um pedaço de papel rasgado. — Presumo que você tenha total ciência do encantamento a ser realizado, e que você seja de fato Juan Coração Leal, já designado sob a Regra Cinco, e que tenha para tanto sido escolhido.

— Sou eu — confirmou Juan.

— Que, além disso, ao ler sua carta de instruções original, você tenha concordado em princípio com a dita transformação, isto é, um sapo.

— De acordo — disse Juan.

— Está certo, então — afirmou o duende. — Em virtude dos poderes que me foram conferidos pela Agência de Histórias, e para os propósitos da corrente história, como já concordado, eu, por este meio, efetuo uma transformação. Eu me agarraria a alguma coisa, se fosse você. Por experiência, sei que as pessoas costumam sair um pouco tontas e enjoadas dessa parte do processo. *Portanto, eu aqui declaro que você, Juan Coração Leal, aventureiro designado, temporariamente príncipe do reino, passará agora pelo encantamento número onze, sete, seis, nove, conforme acordado etc. etc., sob tais termos.*

Juan de fato sentiu um momento de tontura. E fechou os olhos.

— Acabou? — perguntou ele.

— Precisa falar mais alto — disse o duende —, você está muito distante e também muito pequeno.

Juan abriu os olhos. O mundo parecia, soava e cheirava muito diferente. Um gigante se encontrava a uma certa distância, elevando-se acima dele. Meu Deus, eu sou mesmo um sapo, pensou.

O duende, subitamente enorme, apanhou Juan de modo que as patas traseiras e os pés membranosos do rapaz agitavam-se, pendurados. Ele o levou até uma ponte e o segurou acima d'água.

— Muito bem — disse o duende —, eu declaro o encantamento completo e satisfatório. Como uma última e pequena ajuda, e estritamente contra as regras, vou jogá-lo na água, Vossa Alteza. Adeus, por ora.

Capítulo 23

Numa Poça de Água Suja

Juan bateu na água, lançando um jorro de água no ar, de modo que seu primeiro grito de *"croac"* foi abafado pelo barulho da água. Ele rapidamente voltou à superfície e descobriu que podia nadar quase sem esforço nenhum, e que de vez em quando sua língua se projetava para fora involuntariamente e capturava uma ou duas saborosas guloseimas em pleno voo. Depois de se satisfazer com insetos e repulsivas criaturas rastejantes, Juan acabou adormecendo em uma folha flutuante de lírio-d'água.

Ele despertou em seu novo mundo como sapo, e depois de nadar e pular de um lado para o outro na água lamacenta, feliz por um tempo, chegou a um muro comprido e alto. Supôs que aquele fosse o muro do jardim externo de um palácio. Juan saltou entre as grades de um pequeno portão lateral e deslizou para um imenso e bem cuidado jardim. O local era ensolarado e cheio de flores, árvores altas e estátuas.

Uma linda jovem encontrava-se perto de um poço. Ela estava brincando com uma bola dourada. Jogava a bola para o alto e a pegava no ar, repetidamente, enquanto Juan observava. Juan foi tomado, subitamente, por um amor intenso.

De repente, ele ouviu um grito angustiado da jovem. Ela deixara a bola cair. A bola dourada mergulhara na boca do poço e anfundara na água escura.

— Ah, socorro, alguém, por favor! — gritou ela, desesperada.

Juan imediatamente a chamou.

— Vou ajudá-la, não tema, meu encanto, minha máxima beleza.

Naturalmente, ela estava tão distante do outro lado do jardim que não pôde ouvi-lo; afinal, ele era apenas um minúsculo sapo, entre muitas outras criaturas minúsculas.

— Ah, por favor, alguém! Preciso recuperar minha preciosa bola de ouro. Dou qualquer coisa para tê-la de volta. Alguém deve poder me ajudar, com certeza. Eu faço qualquer coisa — gritou ela.

Juan pulou até lá, deu um salto gigantesco usando suas longas pernas traseiras e pousou bem diante da jovem na borda escorregadia do poço.

— Argh — disse ela, enojada.

— *Croac, croac.* Desculpe, quero dizer. Estou aqui para ajudar — disse o sapo o mais alto que pôde.

— Claro que está, sua coisa verdadeiramente repugnante. Agora vá embora.

— Vou pegar sua bola de ouro — disse Juan, o bravo aventureiro, o príncipe sapo.

— Faça isso agora então — disse a garota. — E o que, diga-me, espera de mim em troca?

— Um beijo de amor? — sugeriu Juan, esperançoso. — Sua mão em casamento?

Ela caiu na gargalhada.

— Bem — disse ela —, você tem mesmo senso de humor, pelo menos, e sapos falantes são bastante raros por aqui. Vou lhe dizer uma coisa: você desce nesse poço nojento, escuro e cheio de lodo e traz minha bola preciosa de volta e, é claro, eu me caso com você.

Foi assim então que Juan Coração Leal, o valente príncipe sapo, mergulhou na água escura, em meio a algas lodosas e imundas, tudo pelo amor de uma linda jovem. Ele encontrou a bola com facilidade; estava presa em algumas algas. Juan a desembaraçou e levou até a superfície do poço. Era uma pequena subida até a borda, e, embora a bola fosse feita de ouro, o metal fora batido e trabalhado até ficar muito fino, de forma que era quase, mas não exatamente, tão leve quanto o ar. Juan devolveu a bola à princesa, que ficou maravilhada em tê-la de volta.

— Muito obrigada, Sr. Sapo — disse ela. — Talvez o senhor me dê a honra de jantar com meu pai, o rei, e comigo esta noite.

Então, pensou Juan, ela é uma princesa também.

— Ficarei encantado, Vossa Alteza, *croac* — respondeu Juan, e até tentou fazer uma pequena mesura, o que era difícil para um príncipe em forma de sapo.

A princesa, à mesa com o pai, o rei, estava atipicamente quieta naquela noite.

— Qual é o problema, minha querida? — perguntou o rei.

— Hoje perdi minha bola de ouro no poço e um sapo falante a recuperou para mim.

— Um sapo falante, é? Bem, isso é algo que eu gostaria muito de ver.

— Bem, esse é o problema, pai. Temo que vá conhecê-lo logo. Fiz uma promessa imprudente a esse sapo: ele me pediu em casamento antes de ir buscar a bola.

— E...? — perguntou o rei.

— Eu aceitei. Precisava ter a bola de volta e prometi. Eu o convidei para um jantar primeiro, e agora receio que ele venha. É uma coisa verde viscosa e feia, argh — disse ela.

— Bem, minha querida — disse o rei, se divertindo secretamente —, promessa é promessa.

O criado do rei trouxe um jarro de vinho. Era um homem alto e magro, vestido de preto, com uma cabeleira branca. Fez uma longa mesura ao colocar o vinho na mesa. Qualquer cômodo parecia esfriar alguns graus sempre que esse criado em particular estava presente.

— Isso é tudo.

— Sim, senhor — disse o Irmão Ormestone, curvando-se, com um sorriso repulsivo ao sair.

— Não gosto desse homem — disse a princesa.

O rei levou o dedo aos lábios.

— Shh, minha querida — pediu ele. — Tenha cuidado, ele pode ouvi-la. Também não gosto dele, mas bons criados são difíceis de encontrar nesta época de pouca educação.

Na quietude cheia de ecos do palácio, eles de repente ouviram o som de quatro pés minúsculos e úmidos chapinhando pelo corredor de pedra, *chlip-chlop, chlip-chlop*. Num instante, a pesada porta se abriu minimamente, e lá estava Juan, o príncipe sapo.

— Boa-noite, Alteza — ele coaxou.

— Ora, ora, então você é mesmo um sapo falante — disse o rei. — Bem-vindo, meu amigo, e, por favor, junte-se a nós aqui na mesa.

Juan tentou o melhor que pôde comer a refinada ceia com elegância, mas era, no fim das contas, um sapo; só conseguiu engolir e devorar ruidosamente com sua comprida língua até estar devidamente satisfeito.

— *Burp, croac, burp* — disse ele.

A princesa franziu o lindo narizinho com desgosto. No entanto, para sua surpresa, descobriu que o sapo era, pelo menos, bom de conversa, e ele deu o melhor de si para divertir os dois durante a ceia. O rei parecia gostar da companhia do sapo e, depois de algum tempo, a princesa também. Juan estava inspiradíssimo, regalando-os com todo tipo de histórias, citando poesia romântica e sendo a alma da ceia.

Após a refeição, o rei, secretamente encantado com o pretendente da filha, até encorajou Juan a acompanhar a princesa até o quarto.

Juan pulou ao lado dela e olhou, sonhador, para a jovem, para sua cabeça linda e elegante e os cabelos dourados derramando-se sobre o travesseiro.

— Ai de mim — suspirou ele. — Se ao menos eu pudesse lhe dar um beijo de boa noite.

— Se eu lhe desse somente um beijinho na bochecha, isso o satisfaria? — perguntou a princesa.

Juan mal podia acreditar em sua sorte — um beijo e tão rápido! Ele conhecia o modelo de histórias de encantamento da Agência de Histórias bem o bastante para pensar que esse beijo seria o suficiente para quebrar seu feitiço. Juan pulou para mais perto no travesseiro, o mais próximo que podia daquele rosto adorável. A princesa fechou os olhos e franziu os lindos lábios escarlate. Estava prestes a beijar o encantado príncipe-sapo quando a porta do quarto se abriu e o segundo criado do rei e copeiro, Irmão Ormestone, entrou silenciosamente, como fumaça escura, no quarto. Ele estendeu o braço fino e comprido sobre a cama, arrancou Juan do travesseiro e o enfiou no bolso negro e profundo. Juan deixou escapar um grito abafado de *"croac"*, e antes que a princesa pudesse abrir os olhos, o criado e o sapo haviam aparentemente evaporado, desaparecendo na escuridão.

Capítulo 24

No qual Tom e o Corvo
Encontram uma Princesa Aflita

Enquanto Tom e o corvo caminhavam, um duende juntou-se a eles na estrada. Saiu de entre as árvores, e estava tão habilmente disfarçado que a princípio Tom levou um susto e pensou que até mesmo as árvores podiam andar e falar na Terra das Histórias.

— Bom-dia para vocês — disse o duende, erguendo o chapéu de folhas como cumprimento.

— Bom-dia — respondeu Tom. — Você é um duende? — perguntou ele.

— Não posso responder a isso, rapaz, como estou certo de que você sabe. Meus negócios são da minha conta, exclusivamente.

Estava óbvio que esse duende era muito certinho no que se referia a regras e regulamentos. No entanto, parecia bastante alegre. Tom sabia muito bem que ele era um duende por causa de suas roupas, e até onde sabia esse era o primeiro duende que conhecia.

— Meu nome é Tom Coração Leal — disse —, e este é... hã... meu amigo Corvo.

— Coração Leal, você disse. — O duende pareceu ficar pensativo. — Sabe de uma coisa? Encontrei seu irmão não muito longe daqui faz alguns dias. Um jovem muito bonito, todo vestido de verde.

— Sim, era Juan — afirmou Tom. — Ele é um dos meus irmãos; tenho seis ao todo. Eles todos desapareceram e estamos em uma busca para encontrá-los e resgatá-los.

— Busca, resgate; palavras perigosas para um rapazinho como você — disse o duende.

— Esse é o meu trabalho — replicou Tom. — Onde exatamente você o viu, e quando?

— Vamos colocar da seguinte forma — disse o duende —: eu o ergui, e o deixei cair.

— Deixou-o cair onde? — perguntou Tom, alarmado.

— Ora — disse o duende com uma piscadela —, no rio adiante, *croac*. — Com isso, o duende desapareceu entre os arbustos e árvores, sem nenhum som, como se nunca tivesse estado ali.

— É claro — disse Tom. — Juan deveria ser um sapo. Aquele duende deve ter feito o feitiço de Juan. Foi ele que o transformou em sapo.

Então os dois saíram à procura do rio. O corvo voava à frente de tempos em tempos e explorava a área adiante. Depois de uma hora aproximadamente estava de volta.

— Tem um belo palácio lá na frente, Tom. Devemos seguir nessa direção.

Quando se aproximaram do muro do jardim do palácio, encontraram uma linda jovem. Estava vestida de preto e tinha uma coroa para viagem na cabeça e uma pequena valise na mão.

Tom fez uma mesura quando ela se aproximou.

— Boa-tarde, Alteza — disse ele.

— Ah, sim, bem, boa-tarde para você, ótimo, muito bem — respondeu ela, distraída.

— Está partindo em uma aventura? — perguntou Tom.

— Uma aventura? É, suponho que sim. — Ela pousou no chão a valise, que retiniu ao toque. — Estou saindo à procura de um jovem adequado para casar comigo — disse ela. — Eu estava muito bem, brincando em meu jardim, me divertindo, então algo aconteceu e eu me tornei descontente com a minha sorte, apesar de ser uma princesa.

— O que aconteceu? — perguntou-lhe Tom.

— Você não acreditaria se eu contasse — respondeu ela. — Pensaria que estou louca.

— Experimente — disse Tom.

— Bem, perdi minha linda bola de ouro em um tanque e um sapo falante a resgatou para mim. De brincadeira, eu prometi que me casaria com ele. Mas, sabe, acabei me afeiçoando muito a ele. Era uma boa companhia e gostava de poesia.

— Verdade? — disse Tom.

— Verdade. Ele era tão hábil para falar. Era sofisticado e inteligente, qualidades de que eu vinha sentindo falta em minha vida egoísta e tola. Eu estava prestes a beijá-lo, veja só!, quando ele desapareceu. Simplesmente foi embora e me deixou. Desde então ando aflita. Preciso encontrar um bom marido, como aquele sapo. Agora você acha que estou louca, admita.

— Não, não acho, Alteza. Acho que podemos ajudá-la, eu e meu amigo corvo aqui. Estamos à procura exatamente desse sapo que você descreveu. Não saia correndo para se casar com algum velho para esquecer. Por que não espera um pouco e eu o trago de volta para você? Temo que ele esteja sob um feitiço.

— Bem, isso explicaria muitas coisas — disse a princesa.

— Quando o encontrarmos vamos trazê-lo diretamente para você, eu prometo.

— Que Deus o abençoe — disse ela. — Posso perguntar qual o seu nome?

— Eu sou Tom Coração Leal, da família de aventureiros Coração Leal, a seu serviço — respondeu Tom.

— Vá com toda velocidade e encontre meu sapo. Tome, leve isto com você. — Ela abriu a valise e tirou uma linda bola de ouro leve como algodão-doce. — Isso pode vir a ser muito útil para um aventureiro; ouro de duende — disse ela. — Vale o resgate de um rei. Nunca se sabe.

Tom pegou a linda bola e a enfiou em sua bolsa com o sapatinho de cristal.

— Não tema, Alteza — disse ele. — Retornaremos tanto com a bola quanto com o sapo.

Capítulo 25

Uma Casa no Bosque

Depois de algumas horas na estrada, tomaram uma passagem na floresta. Tom tirou o mapa da bolsa e os dois estudaram a área: somente a floresta, estradas e caminhos secundários e trilhas que se cruzavam em meio às árvores. Havia um diminuto chalé assinalado não muito longe de onde eles se encontravam, numa clareira na floresta. Agora eles estavam cercados por grandes carvalhos, e os últimos raios do sol que já se punha douravam as folhas e os troncos. E também iluminava, providencialmente, uma passagem sinuosa entre as árvores, que parecia convidativa demais para que não a seguissem. Tom, relutante, mas incitado por Joliz o corvo, tomou aquele caminho.

Após algum tempo chegaram a uma clareira, e lá estava a casinha. Alguma coisa naquele chalé fez Tom estremecer. Ele tinha uma aparência incomum. O telhado era branco, como se estivesse coberto de neve, e havia gotas de algo colorido de vermelho e verde muito vivos projetando-se do branco. Quando chegaram mais perto da casa, Tom percebeu um cheiro estranho. A casa cheirava a algo doce e delicioso... Cheirava a pão de mel.

Quando estavam perto o bastante Tom estendeu a mão para uma das paredes, que parecia um reboco de concreto marrom-escuro. Mas, quando ele a tocou, era macia. Tom puxou um pedacinho da parede. Saiu tão facilmente... Tom o cheirou e o levou à língua. Tinha gosto de pão de mel. Era pão de mel.

Tom percebeu imediatamente o quanto estava faminto. Então arrancou um bom pedaço da parede e o comeu vorazmente. Depois comeu um pouco mais, e mais um pouco, até ficar satisfeito. O corvo desceu do telhado com um bom pedaço de doce vermelho no bico.

— Esse telhado é coberto de glacê, e agora eu sei o que é este lugar — disse ele.

— Verdade? — perguntou Tom.

— Esta é a Casa de Pão de Mel, daquela velha história de João e Maria. Lembra-se dela? João e Maria devem ter se perdido nesta mesma floresta.

— Minha mãe me contou essa história quando eu era pequeno — disse Tom. — Claro, a casa na ilustração do livro era exatamente como esta: os doces, os pirulitos e tudo mais.

Tom, de repente, sentiu-se mal. Sua cabeça começou a girar, e não era por comer muito pão de mel. Foi uma súbita lembrança. A lembrança da bruxa cruel e maléfica daquela história. Uma bruxa que cozinhava e comia crianças. Tom imediatamente começou a voltar pela trilha escura.

— Aonde você vai? Por que a pressa? — perguntou o corvo.

— Acho que você sabe a resposta — gritou Tom sobre o ombro. — Tem uma bruxa asquerosa, má, que come crianças, muito perto daqui, e eu não vou ficar esperando por ela, obrigado.

— Tom, espere um pouco, volte. Essa bruxa se foi há muito tempo... Ela desapareceu no meio da fumaça no fim da história, lembra-se?

— Foi? — perguntou Tom.

— Este é só o lugar onde a história se passou. Já faz muitos anos — disse o corvo. — Um parente meu participou da história. Lembro-me de tê-la ouvido diretamente dele.

— Ele era uma daquelas aves que comeram as migalhas que João e Maria deixaram? Eu lembro delas — disse Tom.

— Uma daquelas aves... sim, é isso, ele era uma daquelas aves, e era... hã... um velho tio meu — gaguejou o corvo. — Vamos entrar na casa e dormir. Afinal, que mal pode haver? Está escurecendo muito rápido e precisamos descansar.

Tom por fim criou coragem para abrir a porta do chalé de pão de mel, o que foi um grande passo para ele, considerando-se o medo que em geral tinha do escuro. A porta protestou e rangeu de forma alarmante, como se não fosse aberta havia anos. As dobradiças guincharam e rilharam, e então a porta se abriu por completo. Estava muito escuro e muito silencioso lá dentro. Tom pegou uma das velas de sua mãe e alguns fósforos na bolsa. Acendeu a vela e, na repentina luminosidade, viu que tudo dentro da casinha de pão de mel era muito estranho e pontudo. Havia janelas altas de arestas pontudas, e as vidraças pontudas pareciam feitas de açúcar de cevada. Havia cadeiras pontudas e até uma mesa pontuda, com pernas pontudas, e sobre a mesa via-se um chapéu preto alto pontudo abandonado e poeirento. Havia um grande fogão de ferro com portas escuras pontudas e até uma chaminé pontuda. Tom estremeceu.

— Este lugar é muito medonho e muito pontudo — disse ele.

— Bem, é uma casa de bruxa, afinal — replicou o corvo.

Tom olhou para os escuros degraus em espiral. Dava para ver a porta pontuda de um quarto.

— Suba — disse o corvo. — É lá que vai encontrar a cama.

Tom hesitou. A área no topo da escada desaparecia nas sombras e Tom imaginou que a bruxa estivesse lá. Ela estava lá, esperando pacientemente, por anos talvez, por outra criança para prender e engordar em seu galinheiro, e depois cozinhar e comer. Tom lembrava-se de que na história a bruxa fora empurrada pela pequena Maria no fogo e se extinguira em um sopro de fumaça. No entanto, na mente de Tom, era perfeitamente possível que ela ainda estivesse viva, e ele podia facilmente acreditar que ela estivesse lá naquele mesmo momento, esperando, em silêncio, nas sombras.

— Suba logo — insistiu o corvo.

— E se a bruxa estiver lá em cima, esperando? — perguntou Tom.

— Olhe — disse o corvo —, ela se transformou em um sopro de fumaça, foi completamente queimada, não existe mais bruxa... Bem, pelo menos não nesta casa.

Tom subiu a escada com cuidado, devagar, e o corvo foi atrás dele. A vela lançava sombras compridas pelas paredes enquanto subiam. Cada passo mostrava um pouco mais de detalhes da escada e do patamar no alto. À medida que a escuridão ia se dissolvendo ele viu que não havia nenhuma bruxa à sua espera, só a porta pontuda e o velho piso poeirento. Ele abriu a porta do quarto muito lentamente. Colocou primeiro a mão que segurava a vela pela abertura, depois enfiou a cabeça. Nada de bruxa, apenas uma cama de extremidades pontudas e cortinas rasgadas e uma vassoura de bruxa no canto perto da cama pontuda. O corvo empoleirou-se na extremidade da cama, e parecia que ele tinha sido esculpido ali para combinar com o quarto.

Tom se acomodou para dormir sobre a colcha mofada. Sentia uma persistente ponta de medo.

— Ainda estou um pouco assustado — disse ele a Joliz.

— Eu sei, Tom. Um súbito rangido na escada lá fora, uma súbita risada de bruxa, algo além das cortinas rasgadas, algo frio e pegajoso tocando seu rosto na escuridão... Esse tipo de coisa, não é?

— É, esse tipo de coisa — confirmou Tom com um estremecimento.

O luar brilhava através das janelas de açúcar de cevada, e uma coruja piava fantasmagoricamente no bosque lá fora. Tom pensou por um instante e então disse ao corvo:

— Joliz, esta é uma casa de um livro de histórias, afinal de contas, na Terra das Histórias.

— Certamente que sim — disse o corvo.

— Então deveria ter uma certa atmosfera, não? Podia ser uma atmosfera feliz. Podia ser uma atmosfera triste. Podia ser uma atmosfera um tantinho assustadora, como esta, mas o que quer que seja, faz parte do mundo das histórias. E este é o seu mundo, e o mundo dos meus irmãos, e do meu pai, e agora é o meu mundo também, e eu preciso ser corajoso, por todos eles e também por minha mãe. É só uma história, afinal! — Sentiu-se consolado e também um pouco excitado com isso.

— Concordo totalmente — disse o corvo. — Boa-noite, Tom.

— Boa-noite, Corvo.

Tom sentia-se aliviado. Ele fora corajoso; apenas um pouquinho, talvez, mas havia enfrentado o medo e entrado na casa de uma bruxa. E agora sentia-se muito confortável, até mesmo seguro, abrigado atrás das cortinas pesadas e esfarradapas da cama pontuda da bruxa. Sua vida de aventuras de verdade havia começado.

Capítulo 26

A História de João
Uma Jornada Interrompida
As Terras Ocidentais

João partiu de mau humor para sua aventura. Ele era o único Coração Leal nessa rodada de histórias a representar um camponês e não um príncipe. E estava aborrecido com isso. Embora seu irmão Juan fosse ser transformado em sapo, ainda assim era um sapo *príncipe*, e não um sapo *camponês*. João pisava forte na estrada com suas botas e murmurava "Não é justo" enquanto caminhava. Sua carta de instruções o orientara a seguir para o Portão Ocidental. Ele deveria se fazer prestativo em uma casa de fazenda caindo aos pedaços, que estava assinalada com clareza em seu mapa. Uma fazendeira, uma pobre viúva, seria sua mãe, e ele deveria ajudá-la da maneira que ela decidisse.

Ele não era um aventureiro feliz.

E, se estivesse mesmo sem sorte, teria, sem dúvida, a mesma mãe que tivera na história do João Pateta. Era uma velha ranzinza que havia lhe dado mais puxões de orelha do que sua verdadeira mãe jamais fizera. Era o bastante para testar a paciência de um santo. Aparentemente a Agência tinha alguma coisa contra ele, sem dúvida nenhuma. Ele passou pelo Portão Ocidental, mas não antes de o guardião fazê-lo trocar sua roupa, conforme a Regra 6, para um traje de camponês de lã áspera, que pinicava sua pele.

Seguindo o mapa, ele encontrou a casa com facilidade. Estava em péssimas condições e não era exatamente uma casa de fazenda. João agora tinha certeza de que a perspectiva de uma boa e substancial ceia de fazenda naquela noite não era muito boa.

Quando João entrou no pátio, seu ânimo murchou ainda mais. De fato, lá estava ela, a mulher mal-humorada de rosto fino que fora sua mãe quando ele desempenhara o papel de João Pateta.

— Ah, aí está você — disse ela. — Por onde andou o dia todo? Tem trabalho a fazer.

João passou uma tarde infeliz fazendo trabalhos pesados e desprezíveis pela fazenda para a mulher mal-humorada.

Fizeram juntos uma ceia miserável de pão seco, um pedaço de queijo bolorento e água quente em uma xícara rachada.

Pouco antes de se deitar em seu quarto pobre e cheio de correntes de ar, João percebeu uma luz na janela de uma torre misteriosa perto da horta. Alguém deve morar lá, pensou ele, mas quem? E, pensando nisso, adormeceu.

Cedo na manhã seguinte ele recebeu ordens de ordenhar a vaca. Era uma vaquinha muito feia, muito magra, mas inofensiva e amistosa.

— Muito bem, garota — disse João, que havia aquecido as mãos para ordenhá-la.

— Muuu — respondeu a vaca.

Não havia muito leite para tirar. João levou o balde de volta para a casa da fazenda e a mulher mal-humorada sacudiu a cabeça com desgosto.

— Não nos resta mais nada, João. Vá ao mercado e venda Branquinha, a vaca — disse ela —, caso contrário não teremos nada para comer, e eu digo nada mesmo.

João concordou em ir à tarde e fazer o melhor negócio possível.

Nesse momento, João avistou uma linda garota olhando pela janela da torre na horta.

— Quem é que mora no alto daquela torre, mãe? — perguntou ele.

— Como se você não soubesse, seu imprestável! Agradeço se não prestar atenção a ela. Não é da sua conta, como você bem sabe. Trata-se de uma outra história — sussurrou ela. — Se tocar de novo nesse assunto, puxo as suas orelhas.

João deixou de lado o assunto, mas era uma jovem linda e ele não podia evitar o interesse por ela.

João havia se afeiçoado à pobre e velha vaca, Branquinha. Após o almoço magro, partiu, relutante, pela estrada, seguindo para a feira com ela. Havia um mercado de gado na feira e João deveria conseguir o melhor preço possível pela vaca.

— Isso está se transformando em uma daquelas histórias — murmurou João para si mesmo enquanto prosseguiam.

Ele estava se sentindo novamente como o João Pateta. Ainda não avançara muito pela estrada quando surgiu um cavaleiro de aparência magnífica, num cavalo de batalha branco, vindo em sua direção. Quando o cavaleiro se aproximou, João percebeu com tristeza que se tratava de seu irmão Juca, que, é claro, desempenhava o papel de um príncipe muito elegante.

— Era só o que faltava — disse João a Branquinha.

— Muuu — respondeu a vaca.

Aventureiros nunca se encontram no curso de suas histórias. Na verdade, não havia uma regra escrita a esse respeito, pensou ele, mas não se lembrava de isso ter acontecido antes, jamais. A Agência de Histórias devia estar ficando descuidada.

— Boa-tarde, triste camponês — disse Juca, empertigado na sela, mal contendo o riso.

— Tarde, senhor — respondeu João, com uma expressão de fúria.

— Atenção — disse Juca. — Um pouco mais de respeito, por favor.

Os dois homens passaram um pelo outro. Juca, alto e magnífico na sela, a armadura prateada brilhando à luz do sol. João, carrancudo e imundo, em suas roupas pardas e piniquentas, puxando a pobre e velha vaca magrela pela estrada. Depois que Juca passou, João ficou pensando no assunto e concluiu que era mesmo uma coisa muito estranha — aquilo nunca tinha acontecido antes em toda a sua longa experiência. Nenhum aventureiro havia jamais encontrado outro no meio de sua história. Esperava que isso não fosse um mau sinal.

— A linda garota no alto daquela torre. Aposto que é para lá que ele está indo. Rá-rá, vai levar um sopapo daquela mulher se tentar alguma coisa.

Não havia ido muito longe quando viu um homem alto e magro vestido com roupas pretas sacerdotais. Ele caminhava na direção de João do outro lado da estrada e parecia agitado.

— Tarde — disse João quando se aproximaram.

O homem parou e bateu a mão na testa.

— Aí está você — disse ele. — Ah, obrigado, Mestre, finalmente.

— Estava me procurando? — perguntou João.

O homem atravessou a estrada. Sua pele era da cor de papel velho. Parecia alguém que passava a maior parte do tempo em um lugar muito escuro e de persianas fechadas, ou debaixo de uma pedra muito úmida. Ele apertou com firmeza a mão de João e o fitou com o olhar penetrante.

— Fui enviado pela Agência de Histórias — sussurrou ele. — Houve um erro terrível, terrível.

— Eu *sabia* — disse João, satisfeito.

— Você é João Coração Leal, não é? — tornou a sussurrar o homem, olhando ao redor para o caso de haver alguém por ali. — Bem, receio que tenha havido um erro em sua... escolha — sibilou ele.

Pareceu a João que o ar ficava um pouquinho mais frio a cada vez que o homem falava, como se um vento frio de repente soprasse a cada palavra.

— Você deveria ter sido um príncipe, assim como seus irmãos. Um idiota na Agência confundiu tudo. Uma carta equivocada foi enviada.

— Parece muito estranho — disse João, sacudindo a cabeça. — Nunca soube que a Agência tivesse cometido um erro antes. Embora eu tenha de fato encontrado meu irmão Juca, todo posudo numa armadura brilhante, há poucos minutos nesta estrada. Nunca soube que uma coisa *assim* tenha acontecido antes.

— Veja, o Mestre é humano, falível, afinal de contas — disse o homem, baixinho. — E não está ficando exatamente mais jovem.

— Mesmo assim — argumentou João —, parece tão pouco provável, com todos os copistas, e os duendes... Ninguém conferiu?

— Não até agora — sibilou o homem. — Eu conferi, e o resultado é que estou aqui para interromper tudo isso.

— Interromper o quê? — perguntou João.

— Esta história em particular, é claro — replicou o homem, e sua voz era tão baixa que João tinha dificuldade em ouvi-lo.

Então inclinou a cabeça, aproximando-se, para ouvi-lo melhor. Sentiu um cheiro adocicado muito enjoativo vindo de algum lugar. O homem de preto, o malévolo Irmão Ormestone, levantou a mão e rapidamente pressionou um pano branco contra o rosto de João, que, de súbito, sentiu uma vontade urgente de dormir. Suas pernas pareciam trêmulas, e ele tombou para a frente, feliz, enfim, por ter a chance de se deitar.

Capítulo 27

Juca ia passando direto pela fazenda caindo aos pedaços, a horta e a torre. Ouviu então uma voz aguda e flautada chamando-o: "U-hu." Ele levantou os olhos e viu uma minúscula figura acenando de uma janela no alto da torre. Cavalgou até lá, alto e orgulhoso em sua sela, a armadura brilhando romanticamente à luz do sol. Sabia que era a própria imagem do príncipe, do herói, embora a armadura fosse desconfortavelmente quente e pesada. Quando chegou mais perto da torre, pôde ver que a figura que acenava era uma jovem muito bonita, com cabelos muito longos esvoaçantes.

— Você é um príncipe? — perguntou ela.

— Sou, de fato — replicou Juca, conquistado de imediato pela beleza da jovem tão acima dele.

— Você veio me salvar? — perguntou ela, sorrindo docemente.

— É por isso que estou aqui — gritou ele de volta —, é a isso que me destino. — Juca fez a melhor mesura que pôde na sela, levando-se em conta a armadura e tudo mais.

— Ah, que bom — gritou ela. — Finalmente! Mas tem um problema. Não há nenhuma escada na torre até o meu quarto. Minha mãe é brava e gosta de me manter aqui só para ela.

— Que coisa mais perversa — disse Juca. — Vou partir e percorrer todo o reino para descobrir uma forma de chegar ao seu quarto. Aguente firme, minha bela, que logo voltarei e a resgatarei.

— Ah, obrigada, bravo príncipe — replicou ela. — Se me permite sugerir... — e aqui ela sussurrou: — ...a ponte que liga a torre à casa, ou uma simples escada, talvez resolva.

— Isso seria fácil demais. Estou destinado a uma busca audaz e principesca. Tem de ser mais difícil do que isso. Posso perguntar o nome da donzela a quem agora me devoto inteiramente?

— Meu nome é Rapunzel. Abençoado seja você, meu príncipe, e que Deus apresse o seu retorno.

Juca partiu a galope. O que precisava, pensou, era alguma forma de subir até aquela janela. Isto é, uma forma intrépida, uma forma apropriada a uma história. Usar a pontezinha frágil ou uma escada comprida seria fácil demais, e nada heroico. Se encontrasse uma forma valente, difícil e especial, própria de uma história, teria como prêmio a linda Rapunzel.

Ele esporeou o cavalo branco estrada afora, deixando para trás a fazenda em ruínas e a torre. Enquanto cavalgava, pensava que estranho tinha sido passar por seu irmão João na estrada minutos antes. Um pouco depois, passou pela vaca que João estivera puxando. A vaca estava sozinha em um campo ao lado da estrada, pastando, mas não havia o menor sinal de João, portanto ele seguiu em frente. Um pouco mais adiante, viu um homem vestido de preto de pé perto de um pequeno bosque. Juca estremeceu no interior da armadura ao vê-lo, como um fantasma à luz do sol, e refreou seu nobre cavalo.

— Com licença, meu bom amigo — gritou Juca para o homem —, o senhor viu um camponês solitário nesta estrada? Um rapaz alto, forte, de boa aparência.

O homem de aspecto sinistro afastou-se das árvores.

— Vestido em algodão grosso — disse ele —, uma túnica rústica, calças verdes?

— Parece que é, sim, nosso João — afirmou Juca.

— Ele está ali — disse o homem, gesticulando para o arvoredo escuro atrás dele.

Juca apeou do cavalo e andou, retinindo, até o homem de preto.

— Ora essa, o senhor viu João nesse bosque aí? — perguntou.

— Ah, sim, venha comigo — chamou o homem. E conduziu Juca por entre as árvores. Estava muito silencioso no bosque. As árvores se erguiam muito próximas umas das outras, os troncos criando um padrão bastante denso, e os galhos escuros pendentes quase tiravam toda a visão do céu.

— Eu o vi bem ali — afirmou o homem de preto.

Ele indicou uma clareira em meio às árvores. Ali se via uma cesta grande, da altura de um homem. Estava coberta com cordas e havia saquinhos amarrados em torno da borda superior. Juca foi até a cesta. Estava confuso. Que diabos seria aquilo? Ficou na ponta dos pés, a armadura retinindo quando se esticou. Dava para ver por cima da borda. Cordas se esticavam no ar, retesadas e elásticas. Ele levantou os olhos para o ponto em que estavam amarradas a algo imenso e redondo, feito de tecido, e que pairava acima da cesta. Agora ele estava ainda mais confuso. Virou-se e deparou com o homem de preto parado silenciosamente ao seu lado.

— Como você... — Juca começou a dizer, mas o homem de preto levou o dedo aos lábios.

— Shh — disse ele, e estendeu um pedaço grande de tecido branco na frente de Juca. O pano tinha um cheiro muito doce, como um buquê de rosas em uma tarde de verão. A cabeça de Juca começou a rodar e ele se sentiu tonto. Viu-se deslizando sobre a borda da cesta e aterrissando em uma ruidosa pilha no fundo. Ele não se importava, estava com muito sono, embora ainda fosse dia. Um instante depois a cesta começou a se levantar. O simpático homem de preto estava de pé ao lado dele, e certamente aquele era João caído no outro canto. Agora eles se encontravam no ar, subindo cada vez mais, ultrapassando as nuvens.

Ora, ora, pensou Juca, eu estou é dormindo e evidentemente sonhando. O nobre cavalo de Juca relinchou, apavorado, quando o balão ergueu-se acima das árvores, e saiu galopando o mais rápido que suas patas lhe permitiam.

Capítulo 28

NA ESTRADA
ALGUM TEMPO DEPOIS

Tom e o corvo estavam fazendo um bom progresso em sua travessia da região rural quando encontraram uma vaca sozinha. Ela pastava, feliz, num campo ao lado da estrada.

— Ah, olhe, uma vaca — disse Tom. — A primeira que vemos.

O corvo pousou perto da vaca.

— Boa tarde, Sra. Vaca — disse Tom alegremente. — Um belo dia para uma caminhada — continuou ele.

A vaca olhou para o corvo com seus grandes olhos castanhos. Continuou mastigando. Era uma vaca muito pálida.

— Você tem nome? — perguntou Tom, sem nenhuma esperança de uma resposta.

— Estou à venda — disse ela baixinho. Tom recuou um passo, assustado. — Está tudo bem, de verdade — continuou a vaca. — Sou uma vaca encantada, faço parte de uma história. E, se não me engano, você é um jovem Coração Leal.

— Sou, sim — disse Tom.

— Meu nome é Branquinha — disse a vaca, cansada.

Tom estava surpreso que a vaca tivesse de fato falado com ele, mas conseguiu não demonstrar. Ele agora conhecia um corvo falante e uma vaca falante; as coisas podiam se complicar.

A vaca ergueu a cabeça e olhou diretamente para Tom.

— Então João é seu irmão mais velho — disse ela, a cabeça inclinada para um lado, zombeteira.

— Você viu João? — perguntou Tom, perplexo.

— Ele estava me levando para o mercado de gado na feira. Estávamos indo muito bem, sem atrapalhar ninguém, quando um homem de preto muito sinistro apareceu e o levou — disse a vaca.

— Quando foi isso? — perguntou-lhe Tom.

— Não tenho certeza — disse a vaca. — Tenho a sensação de que estou pastando neste campo há muito tempo.

— Devemos levar a vaca para a feira — disse Joliz, o corvo. — Devemos continuar a história, terminá-la, ver o que acontece.

— Espere — pediu Tom. — Meus irmãos foram levados, um após o outro. Para onde ele os está levando?

— Só posso dizer que eles subiram para o céu — disse a vaca, e levantou os grandes olhos castanhos para o alto —, numa grande engenhoca.

— Uma engenhoca — disse Tom —, então é isso! Venha, Corvo, vamos até a feira, como você sugeriu. Vamos descobrir o que está acontecendo, e Branquinha, a vaca, vem conosco.

Com isso o corvo levantou voo, descrevendo círculos acima deles.

— Certo — disse Tom —, venha, Branquinha, vamos fazer uma pequena caminhada.

Ele parou diante da vaca, encontrou a corda, ajustou-a e deu-lhe um puxão. Quando a corda apertou, a vaca emitiu um "muuu" muito típico de uma vaca, e trotou adiante. Seu nariz úmido bateu no nariz de Tom e, por um longo minuto, eles ficaram fitando os olhos um do outro, nariz com nariz. Então a vaca deu uma lambida amistosa no rosto de Tom.

— Eca — disse Tom.

— Prazer em conhecê-lo — disse a vaca.

Tom cobriu as costas da vaca com seu casaco de inverno.

— Bela Branquinha — ele ficava dizendo —, uma boa vaca.

Parecia um animal muito grande para Tom, mas tinha uma cara muito simpática, ele tinha de admitir.

Tom nunca tinha estado em uma feira, mas seus irmãos mais velhos sempre falavam sobre elas. Eram mais divertidas do que o mercado habitual, e tinham muita gente, barulho e música. Seus irmãos haviam falado sobre os homens que trabalham nos locais de feira. Disseram que alguns desses homens não eram dignos de confiança, que havia pilantras. Eles também contaram que havia ladrões e trapaceiros de todos os tipos, e que na feira era preciso ficar atento. Tom tinha uma boa ideia de como seria um trapaceiro, e sabia que precisava tomar cuidado com eles. De algum modo, tinha certeza de que, sendo ainda tão jovem, podia ser facilmente enganado.

Era uma tarde de temperatura amena, e era muito agradável andar ao longo da estrada no sol, cercado por todas aquelas flores primaveris. Contanto que não pensasse muito em homens sinistros e engenhocas voadoras, Tom achava que uma vida na estrada, vivendo aventuras assim, era divertida. Eles ouviram a feira muito antes de vê-la. O som distante da música de um alegre órgão de tubos chegava à estrada trazido pelo vento. Tom afagava de vez em quando o flanco de Branquinha e a encorajava a ir adiante.

— Venha, garota — disse ele. — E, por falar nisso, assim que chegarmos à feira, nada mais de falar.

— Entendido — disse Branquinha.

Capítulo 29

Na Feira

Havia no ar um cheiro forte de cebolas fritas, e logo, em um campo ali perto, Tom viu a feira. Havia alegres tendas listradas em azul, amarelo e vermelho. Viam-se bandeiras tremulando à luz da tarde. Eles podiam ouvir música alegre vinda do órgão da feira. Havia multidões de pessoas alegres, com crianças alegres dançando em torno de um alegre mastro, alegres espetáculos de feira, uma alegre confusão, uma sala de espelhos, e os mais variados tipos de alegre diversão. O corvo saiu voando à procura da tenda do mercado de gado enquanto Tom se divertia indo de atração em atração com a vaca.

O corvo voltou e pousou no ombro de Tom.

— Encontrei o mercado — disse o corvo baixinho. — Fica numa tenda do outro lado da feira.

Branquinha escarvou o chão com a pata e baixou a cabeça,

— O que houve, Branquinha? — perguntou Tom.

A vaca, tristonha, ergueu os olhos para ele e sussurrou:

— Depois que tiver me vendido, leve o dinheiro de volta para a Fazenda Arruinada. Está no mapa. Você tem um mapa?

— Tenho sim — respondeu Tom.

— Lembre-se, Fazenda Arruinada, é para onde João teria ido. — E a vaca piscou para ele.

— Certo — disse Tom. — Não fale mais.

Encontraram a tenda do mercado de gado; a porta estava fechada e amarrada com uma corda. Um envelope estava atado à corda por uma fita de duende. Estava endereçado a *João Coração Leal, Escudeiro*. Tom abriu o envelope e puxou a carta de pergaminho.

Aceite a oferta do homem de verde.
O que ele oferecer você deve aceitar.
A Agência de Histórias

Tom guardou a carta no bolso.

— Farei exatamente o que João teria feito — disse ele.

O corvo ficou aguardando do lado de fora enquanto Tom entrava com Branquinha na tenda. O chão estava coberto com palha e um grupo de homens formava um círculo no centro da tenda. Estavam todos vestidos como fazendeiros. Assim que Tom e a vaca passaram pela entrada, os homens todos ganharam vida. Era como se estivessem simplesmente esperando que Tom e a vaca aparecessem. Eles se reuniram em torno dos dois e começaram a avaliar Branquinha. Examinaram-na, cutucaram-na e murmuraram elogios.

— Um belo animal — disse um deles.

— Nunca vi melhor — disse outro.

— Vale um saco cheio de ouro — acrescentou um terceiro, dando tapinhas no flanco dela.

A vaca olhava de um para o outro e sacudia a cabeça. Um fazendeiro estendeu uma pesada saca de linho, que tilintou.

— Isso seria bastante? — perguntou ele. — Tem cem soberanos de ouro aqui.

A vaca mugiu.

— Dou duzentos — disse um homem de rosto vermelho, com uma palha no canto da boca, e perneiras de couro polido.

— Trezentos — ofereceu outro —, e é a minha oferta final.

Tanto dinheiro por uma vaca; aquilo não parecia possível.

Outro homem deu um passo à frente. Ele vestia um casaco verde, calças da cor da campina em abril, e uma cartola verde. Tinha um rosto vermelho simpático e sorriu para Tom.

— Eu ofereço isto — disse baixinho, e estendeu a mão.

Tom baixou os olhos e viu um pedaço de papel verde aberto com cinco grãos de feijão marrons.

— Feijões — disse Tom. — Eles não valem muito, valem?

— Ah — disse o homem —, mas estes são feijões *especiais*.

Os fazendeiros todos riram.

— Teriam mesmo de ser *muito* especiais — disse um deles.

— Estes *são* muito especiais — sussurrou o homem de verde. — São feijões *mágicos*.

— Mágicos? — perguntou Tom em voz alta, surpreso.

— Shh, sim, mágicos — disse o homem.

Os fazendeiros riram de novo, e Branquinha emitiu um "muuu" longo e baixo.

O homem com o saco de soberanos tilintou-os sob o nariz de Tom.

— Última oferta — disse ele. — É pegar ou largar.

O *homem de verde*...

— Eu fico com... os feijões — decidiu Tom.

Houve um alvoroço na tenda; os fazendeiros mal conseguiam controlar as gargalhadas.

— Você vai se dar mal, meu rapaz — disse um deles.

O homem de verde pegou a corda da mão de Tom e gentilmente afagou Branquinha perto das orelhas.

— Pronto, pronto — disse ele, entregando o pacote de feijões a Tom. — Plante-os somente à noite, quando a lua estiver à vista, e você verá uma mágica de verdade. Eles valem mais do que um punhado de soberanos de ouro — disse, e ergueu o chapéu com uma piscadela de olho.

Tom colocou o pedacinho de papel com os feijões no bolso. Então afagou Branquinha no flanco.

— Até logo, Branquinha — disse ele. — Vou sentir sua falta. — Ele tinha se afeiçoado bastante ao dócil animal.

— Até logo, Tom — sussurrou a vaca em resposta, e então piscou para ele.

O homem de verde entregou a Tom o casaco de inverno e então gentilmente conduziu a vaca para fora da tenda. Tom os seguiu. A vaca olhou para trás e dirigiu a tom um triste mugido de despedida.

— Lembre-se — disse o homem de verde —, você deve plantar os feijões apenas à noite. — E então se foi com Branquinha seguindo-o lentamente.

O corvo voou do alto da tenda.

— Espero que tenha conseguido um bom preço.

— Bem, é claro que consegui — disse Tom. Eles voltaram para o portão, ignorando toda a alegria e diversão da feira. Era fim de tarde, quase hora de o sol se pôr. — Temos de encontrar a Fazenda Arruinada antes que fique escuro demais para ver — afirmou Tom. — Branquinha me disse que era isso que tínhamos de fazer com o dinheiro que conseguíssemos por ela. Certamente eles saberão o que fazer quando chegarmos lá. — Tom tirou o mapa da Terra das Histórias de sua bolsa de viagem. A Fazenda Arruinada estava assinalada um pouco mais adiante, junto à estrada.

Tom ficou triste por deixar as luzes e a música da feira, mas era hora de ir. Ele pôs-se a caminho pela longa estrada em direção ao sol poente. Subiu colinas e tornou a descê-las. E assim seguiu, até chegar a uma área densamente arborizada, onde corujas piavam. O corvo ia balançando-se, feliz, no ombro de Tom. O menino não estava assim tão feliz. Agora estava escurecendo de verdade. Ele não podia deixar de pensar no tipo de coisas que espreitavam viajantes incautos. Quantas vezes seus irmãos tinham voltado de uma história na qual haviam encontrado um lobo feroz ou algo ainda pior em um caminho na floresta. Uma coisa era ouvir sobre tais aventuras acomodado diante de uma lareira aconchegante em casa, outra era lembrar delas no meio de uma floresta escura como essa em que estava agora. Tom tocou a espada do anão, segura em seu cinto, e se sentiu melhor. Puxou-a e a lâmina brilhou feito prata refletindo a pouca luz que ainda havia e servindo quase como um farol através da floresta que escurecia em torno deles.

Tom pensou nos feijões mágicos. Parou e tirou o papelzinho de sua túnica. Desdobrou-o e olhou para as pequenas sementes acastanhadas — seriam elas mágicas de fato?

O corvo veio olhá-los também.

— O que é isso? — perguntou.

— São feijões mágicos. Eu vendi a vaca por eles — disse Tom.

— Não houve dinheiro então — disse o corvo.

— Não — respondeu Tom.

— Hã, hã, entendi — disse o corvo.

— Só vou entregar quatro deles. Vou guardar um comigo. Se são mágicos, pode vir a ser útil — afirmou Tom.

— Não posso fazer comentários — replicou o corvo, e voou com um grasnido.

Por fim, chegaram à Fazenda Arruinada. Agora a noite havia caído completamente, e no luar toldado pelas nuvens Tom não conseguia ver muita coisa da casa. Ele percebeu que as persianas pendiam das janelas e viu que havia uma ponte velha de madeira suspensa que levava do sótão da casa a uma torre alta no quintal. O corvo voou e empoleirou-se no pórtico. Tom bateu à porta e de repente foi puxado bruscamente para uma cozinha escura. O corvo desceu, pousou do lado de fora da janela e ficou espiando.

— Muito bem — disse uma voz —, onde diabos você se meteu? Já era hora de você ter voltado... Passe para cá. — Tom estava frente a frente com uma mulher de rosto magro, muito mal-humorada. — Alguma coisa aconteceu com você depois que saiu daqui para vender aquela vaca miserável. Parece que tem metade do tamanho de antes. No entanto, nunca pergunte a razão de nada neste lugar insano, é o que eu sempre digo. Nem se preocupe em pedir desculpas por estar atrasado, tampouco, apenas me dê o dinheiro.

Nervoso, Tom entregou-lhe o papelzinho com os simplórios feijões marrons cuidadosamente embrulhados.

— Não pesa muito — disse ela, sopesando o pacotinho em sua mão. Ela o pôs sobre a mesa, e, concentrada, com a ponta da língua projetando-se entre os lábios finos, muito lenta e cuidadosamente desenrolou o pedacinho de papel. Ela baixou os olhos para o montinho de feijões. Esperou um momento, e então olhou para Tom. Rapidamente olhou embaixo da mesa. Então afastou uma das cadeiras da mesa, arrastando-a e provocando um ruído agudo e áspero no piso de pedra. Ergueu a cadeira, abaixou-se e olhou debaixo dela. Então voltou a olhar para Tom.

— Onde está o dinheiro? É melhor que esta seja uma de suas brincadeiras bobas, João — disse ela, enrolando as mangas de seu vestido esfarrapado. — Aquela vaca valia *alguma coisa*, pelo menos; mas não *absolutamente nada*. Isto parece nada para mim, parece o conteúdo da sua cabeça, nada, o vazio. Não é de admirar que todos o chamem de João Pateta. — Ela sacudiu a cabeça. — Você ainda vai causar a minha morte, João.

Tom olhou para a escuridão além da janela, para o mundo desconhecido e assustador que o pressionava por todos os lados, onde o único amigo que lhe restava era um corvo falante. Ele sabia que tinha de entrar no jogo e ser João por ora.

— Mandei você horas atrás, de boa-fé, para vender aquela vaca magricela inútil em troca de algum dinheiro para comprar comida, e você volta com essas coisas... patéticas. O QUE É ISTO?

— Feijões — respondeu ele.

— FEIJÕES! — gritou ela, e então sussurrou: — Feijões. Um, dois, três, quatro feijõezinhos. Alguém lhe ofereceu estes feijões patéticos em troca de nossa vaca, e você os aceitou, João. O que fazemos com eles agora? *COMEMOS?*

— Não — disse Tom baixinho.

Ela contornou a mesa na ponta dos pés e pairou acima dele.

— Não? — perguntou ela.

— Não — confirmou ele. Na verdade, Tom estava tremendo de medo e fazia um grande esforço para não chorar como um bebezão. Ele se sentiria um grande bobo se chorasse diante dela. — O homem disse que eu devia plantá-los, no quintal, no escuro, à luz da lua. Sabe... eles são... eles são... feijões mágicos.

— Ah, *feijões mágicos* — sussurrou ela. De repente, sua expressão mudou, e um sorriso sinistro surgiu em seu rosto, deixando ver os dentes grandes. — Entendo. Bem, assim é diferente, não é? Você devia ter dito antes. Olhe, João *querido*, tem uma linda lua no céu hoje. Posso vê-la pela janela. — Ela foi até a janela e a abriu, fazendo com que o corvo voasse, assustado. — Então acho que vou plantá-los rapidamente, mas, ah, com muito cuidado, esses adoráveis feijões "mágicos" que você tão *espertamente* trocou por nossa única vaca. Vou plantá-los em nosso quintal, no... ESCURO. — E, com isso, ela jogou os quatro feijões fora, lançando-os para a noite, e fechou a janela novamente, com violência.

"Bem, João, então é isso. Devemos ter uma boa colheita de feijões para comer em, hã, algumas semanas, e isso vai nos alimentar muito bem... NÃO VAI? — gritou ela no rosto dele. Então torceu a orelha dele e o arrastou para fora da cozinha. Ele mordeu o lábio, tentando ao máximo não mostrar àquela mulher o quanto estava chateado.

— Agora — disse ela —, vá para a cama imediatamente, sem ceia, é claro, e ao subir a escada, não, eu repito, *não* incomode ninguém.

Ele começou a subir os degraus. Eram muito mais assustadores do que a escada de sua casa. Eles pareciam infinitos. Na total escuridão. A altura de cada degrau era tão grande que ele tinha de esticar as pernas a cada passo, segurando-se no corrimão. Havia ruídos também, não as risadas zombeteiras e amistosas dos irmãos, mas uma agitação e movimentos rápidos e sinistros vindo das sombras. A casa era velha e decrépita, de modo que devia haver morcegos, ou, ainda pior, fantasmas vivendo ali. Ela certamente parecia assombrada. A mulher ficou parada no pé da escada, observando-o enquanto ele subia até o topo.

— Não quero ouvir nem um pio seu até de manhã — disse ela.

Ele chegou a um patamar no topo da escada. Um corredor estendia-se à sua frente. Ele conseguia apenas divisar uma série de portas e uma janela na extremidade oposta. Então ouviu um barulho. Parecia algo afiado raspando em uma vidraça. Um galho, talvez, batendo na janela com o vento, ou, pensou ele, pior, a mão de um esqueleto batendo para que o deixassem entrar. Ele sempre tivera muito medo de esqueletos.

Havia duas portas. Enquanto ele decidia qual das duas abrir, a porta mais próxima começou a abrir muito lentamente, sozinha. Ele olhava, paralisado de terror, enquando uma luz fraca filtrava-se para o corredor e algo assustador saía de trás da porta, uma forma pálida, uma sombra que flutuava contra a escuridão. Ela veio na direção dele com uma rajada de vento.

Seu maior medo havia finalmente se concretizado, e um esqueleto fantasma vinha pegá-lo. Estava em uma história de fantasma, não em uma história de aventura, no fim das contas. Fechou os olhos e se apoiou na parede: não conseguia sair dali. Tinha consciência do coração batendo como um tambor em seu peito. No entanto, alguma coisa bem lá dentro dele, uma reserva oculta, uma centelhazinha de instinto aventureiro, do qual ele não tinha consciência, forçou seu braço a descer até o cinto, e muito lenta e silenciosamente ele puxou a espada. Segurou-a bem diante de si. A espada tremia quase tanto quanto ele.

— Ah, aí está você, finalmente. Bem-vindo, meu príncipe — soou uma doce voz num sussurro.

Ele abriu os olhos. A moça mais linda que ele já vira na vida estava parada diante dele. Era inacreditavelmente bela. Tinha cabelos louros escuros e espessos, e grandes olhos claros, da cor do mar; seu vestido longo era branco com estampa de passarinhos. Ela inclinou-se para a frente, como uma visão, e ofereceu-lhe a bochecha para que ele beijasse.

— Desculpe, senhorita — disse ele. — Eu não sou o seu príncipe.

— Shh, fale baixo ou ela vai nos ouvir. É claro que você é o meu príncipe — sussurrou ela. — Agora, vamos, não fique aí parado de joelhos. Vamos finalmente fugir juntos.

— Eu não estou de joelhos — murmurou ele. — Estou de pé.

A jovem se aproximou um pouco mais.

— Ah, céus — disse ela. — Está mesmo. Bem, se você não é o meu príncipe que voltou, então quem é você?

— Eu sou Tom Coração Leal — disse ele —, Menino Aventureiro, aprendiz.

A jovem rapidamente o puxou e fechou a porta silenciosamente às suas costas. Tom se viu com a garota adorável na ponte frágil. Ela pegou a mão dele e o conduziu pela passagem quebrada, passando por uma portinha no lado da torre. Ele se viu em um quarto redondo e, à súbita luz da lamparina, percebeu que o cabelo da jovem era muito, muito comprido. Ele caía em ondas da cabeça e serpenteava pelo quarto em grandes espirais douradas. Tom via o cabelo rastejando sob a mesinha de cabeceira, em torno das pernas da cama, atravessando o surrado tapete de tiras, onde finalmente se enroscava em torno do espelho e do lavatório. Os longos cabelos rastejavam por toda parte.

— Eu estava esperando que meu príncipe retornasse, sabe? — disse ela. — Ele disse que voltaria. Teve de ir embora, precisava descobrir uma forma de entrar aqui escalando a torre alta. Ela nunca me deixa sair.

— Ela é muito brava — disse Tom.

— Ele usava uma armadura brilhante e tinha uma espada. Era muito bonito.

— Esse parece Juca — disse Tom. — Sabe, eu tenho seis irmãos e todos se chamam João. Tem João, Juca, Juan, Joca, Jean e Joãozinho, são eles que vivem todas as aventuras. Eu ainda nem comecei o meu treinamento.

— É um dos seus irmãos, então, que deveria voltar aqui e me resgatar — disse a bela jovem. — Ele ia descobrir uma forma especial de subir até a minha janela e então me levar para uma vida de romance. Ela controla a entrada daquela pontezinha perigosa por que acabamos de passar. Ah, o que pode ter acontecido com ele?

Ela estendeu a mão esguia e elegante para Tom.

— Desculpa, eu não me apresentei. Meu nome é Rapunzel — acrescentou, com uma mesura cortês.

— Estou procurando meus irmãos, senhorita. Um a um eles desapareceram no meio de suas histórias. Eu estava procurando meu irmão João quando encontrei uma vaca falante. Tive de vender a vaca para um homem de verde que me deu cinco feijões, só que ele disse que eram feijões mágicos. E aquela mulher, sua mãe, eu acho — e aqui Tom fez uma pausa —, disse que era a *minha* mãe, e puxou minha orelha e tentou me fazer chorar, só que ela não é a minha mãe de verdade. Minha mãe está em casa, esperando que eu e todos os meus irmãos mais velhos voltemos para casa em segurança. Normalmente são eles que vivem todas as aventuras, não eu. Quando vendi a vaca, trouxe os feijões para cá. Aquela mulher estava tão mal-humorada porque troquei a vaca pelos feijões, e o homem de verde disse que é preciso plantar os feijões mágicos numa noite de lua, que ela jogou os feijões mágicos pela janela, exceto um que guardei para o caso de precisar. E ainda tem meu amigo Joliz, o corvo, que é uma ave e pode falar tão bem quanto voar. — De repente ele se interrompeu e inspirou profundamente.

— Meu Deus, parece que você já está tendo uma aventura e tanto — disse a linda moça.

Joliz, o corvo, cansado de bater o bico na janela do patamar e não obter resposta de Tom, voou contornando a Fazenda

Arruinada. Ele pousou no parapeito de uma janela, depois no de outra, à procura de Tom. O primeiro quarto em que olhou estava escuro e sinistro e o corvo pôde ver a mulher assustadora, a que fazia a mãe de João. Ela dormia profundamente e roncava na cama. O corvo certamente não queria correr o risco de acordá-la. Então voou para a torre alta e pousou no parapeito da janela mais alta. Deu uma olhada em um quarto iluminado pela suave luz amarela de uma lamparina. Tom estava lá dentro conversando com uma jovem de vestido longo. O corvo bateu na janela com o bico. Tom ouviu o que antes pensara que fossem os dedos do esqueleto, fazendo *toc-toc* novamente, só que agora estavam muito mais perto.

— Shh — disse ele. — Está ouvindo isso?

Rapunzel ficou em silêncio e ambos puseram-se a escutar. Um *tap, tap, tap* vinha da janela da torre. Tom olhou para lá e viu o corvo do lado de fora, no parapeito.

— Ah — disse ele, com alívio. — Então era ele quem estava batendo na janela. É só o meu amigo corvo, não um esqueleto, no fim das contas.

Tom abriu a janela, e o corvo saltou para dentro. Quando Tom fechava a janela, ouviu um estrondo e sentiu uma rajada de ar vinda do quintal lá embaixo. Era o ruído de algo farfalhando, crepitando e esticando-se, como se uma coisa muito grande estivesse crescendo logo abaixo da janela. Então algo imenso veio trovejando em meio aos arbustos com grande rapidez na escuridão. Algo muito grande acabara de subir, muito rápido, em direção ao céu.

— O que foi aquilo? — perguntou ele.

— Eu também senti — disse o corvo.

— Ah, ele fala mesmo — disse Rapunzel. — E é muito doce.

Ela acariciou a cabeça de penas negras e lustrosas do corvo. Joliz recebeu a carícia bem feliz, inclinando a cabeça para um lado.

— Estou desesperada, sabem? — Ela sentou-se diante do espelho e pôs-se a escovar os lindos e pesados cabelos louros. — Eu estava tão aborrecida esta noite, tão infeliz, antes de vocês virem, que estava prestes a cortar todo o meu longo cabelo só para aborrecer aquela mulher mal-humorada.

Ela apanhou uma tesoura grande e brilhante em sua penteadeira.

— Seria tão fácil, sabe, cortar tudo até aqui, e ter um cabelo de comprimento sensato. Talvez eu devesse fazer isso mesmo. Acham que combina comigo?

Ela pegou uma grande mecha do cabelo, e Tom finalmente viu o quanto dele existia. Era o cabelo mais bonito e mais comprido que ele já vira. Devia ser comprido o bastante para alcançar o chão, saindo pela janela da torre.

— Vocês não respondem — queixou-se ela. — Ninguém se importa com o que acontece comigo. Meu príncipe se foi e talvez nunca volte. Estou presa aqui o tempo todo sozinha. Ah, bem, aqui vou eu novamente... — Ela agarrou um punhado de seu lindo cabelo e levou a tesoura até a altura do queixo.

— Não, espere — pediu Tom. — Não faça isso. Acho que o seu cabelo é muito bonito. Ele combina com você. Além disso, estou tendo uma ideia de como meu irmão pode resgatá-la. Portanto, por favor, não o corte, Srta. Rapunzel.

— Concordo — disse o corvo, balançando o bico.

— Bem — disse ela, hesitante —, se vocês dois têm certeza.

— Ah, sim — confirmou Tom.

— Definitivamente — concordou o corvo.

Rapunzel largou a tesoura. Ela esticou os braços e bocejou.

— Está tarde e nós temos de dormir um pouco — disse. — Vamos tentar nos encontrar de manhã. Lembrem-se de que a esperança é uma ceia ruim, mas um bom café da manhã. Algo me diz que seremos bons amigos, meu doce e pequenino aventureiro. — Ela afagou a cabeça de Tom. — Você também, Sr. Corvo.

A ave abaixou a cabeça e Rapunzel fez-lhe cócegas embaixo do bico.

— Espero que encontre seus irmãos logo. Acho que vocês dois ainda vão organizar meu resgate. Boa-noite, então, e vão em silêncio.

— Boa-noite, senhorita — sussurrou Tom, e quando ela não estava olhando ele pegou a tesoura brilhante e a enfiou em sua sacola.

— Boa-noite — disse o corvo.

Eles voltaram pela pequena ponte e entraram em um quarto escuro no sótão da casa. Estava mortalmente frio no quarto, então Tom se enrolou em seu casaco para se aquecer. Havia duas camas.

— Eu fico com a maior — disse o corvo, bocejando.

Tom estava cansado demais para discutir com o corvo sobre aves e ninhos, e pessoas e camas, e logo, faminto e exausto, mergulhou em um sono profundo na cama menor.

Capítulo 30

Logo teve consciência de que era manhã bem cedo, e ele estava sendo acordado, rudemente sacudido.

— Bem, desta vez você foi longe demais, João.

— O quê? — perguntou ele, sentando-se na cama minúscula.

Ele foi erguido pela orelha e seu nariz espremido com força contra a janela.

— Aí está — disse a mulher esganiçada.

Tom estava confuso. Podia ver folhas verdes brilhantes diante da janela, e um pedaço de céu azul e algumas nuvens macias — considerando-se tudo, parecia uma linda manhã. Ele se contorceu e conseguiu soltar a orelha.

— Não sei do que está falando — disse ele.

— Olhe de novo — disse ela, mantendo o rosto dele pressionado contra a vidraça. Então Tom viu.

Era muito alto e muito verde. Eram quatro caules, cada um tão grosso quanto um carvalho de bom tamanho, enroscados um no outro, e se erguiam bem em frente à janela.

Quando ele olhou para cima pôde ver que subiam além da torre, direto para o céu, desaparecendo no azul.

— Veja no que deu seus feijões mágicos — disse ela, e lhe aplicou um cascudo dolorido. — Olhe minha pobre horta. As minhas melhores plantas e verduras arruinadas.

Ela lhe deu tempo para calçar as botas e então o puxou pela porta e escada abaixo. Em seguida o arrastou para o quintal. Ali os estranhos estrépitos, movimentos súbitos e ruídos da noite anterior foram explicados. Onde os feijões mágicos foram jogados pela janela e se espalharam, um pé de feijão imenso, maciço, enorme, gigante havia rompido a terra durante a noite.

E havia deslocado grandes montes e torrões de terra escura e seixos e plantas de aparência estranha, espalhando-os por todo o quintal. Agora se estendiam para o céu, muito além de onde Tom podia ver. Somente jogando o pescoço para trás ele podia ver a ponta do pé de feijão, onde desaparecia em meio às nuvens.

O corvo estava pousado em uma das folhas mais baixas do pé de feijão e fez um gesto com a cabeça na direção de um envelope amarrado na haste de uma das folhas.

A mulher entrou na casa e voltou imediatamente com um machado.

— Bem, pode derrubar esta coisa enorme e horrível agora mesmo, é o mínimo que você pode fazer por mim — disse ela. — Podemos fazer uma deliciosa sopa verde e amarga com os caules e as folhas, que vai nos render muitas e muitas refeições. E corte com cuidado para que não caia perto da casa.

Tom levantou os olhos e viu que a adorável Rapunzel espiava o que faziam de sua janela aberta.

— Então era isso o barulho de ontem à noite — disse Rapunzel, graciosamente. — Agora, mãe, você sabe o que a magia pode fazer.

— Rapunzel, minha filha, entre e fique lá dentro — gritou a mulher.

Rapunzel fechou a janela, mas dirigiu um último e amigável aceno para Tom, por trás da vidraça.

Tom fingiu começar a cortar a base do pé de feijão, mas o fez muito delicadamente. A mulher voltou para dentro da casa, batendo a porta prestes a desmoronar. Depois de um ou dois minutos ele deixou o machado de lado e esticou-se para pegar o envelope. Sendo tão pequeno, não conseguiu alcançá-lo, então subiu um pouco entre as folhas inferiores até conseguir. O envelope era endereçado a *João Coração Leal, Escudeiro*. Tom o abriu, rasgando uma faixa. A carta dizia:

> *Escale o Pé de Feijão sem parar.*
> *Continue subindo até chegar lá.*

— João teria de escalar esta coisa, até lá em cima — disse Tom ao corvo, e olhou novamente para o distante céu azul. Tinha pavor de altura. Uma coisa era subir nas folhas gigantes inferiores do pé de feijão, de onde se podia saltar facilmente e aterrissar em pé e em segurança no chão; outra muito diferente era pensar em subir além das nuvens.

— Não posso fazer isso — disse ele.

— Você precisa — replicou o corvo. — Caso contrário, a história não vai funcionar.

— Que história? — perguntou Tom.

— A história de João, naturalmente — respondeu o corvo. — Esta é a próxima parte de nossa aventura.

— Eu já tenho uma aventura aqui no chão. Rapunzel espera que eu planeje seu resgate das mãos daquela mulher — disse Tom.

— Pensei que ela tivesse dito que estava esperando seu irmão, o príncipe, para resgatá-la. Se é assim, então essa é a aventura do príncipe, não sua.

— Mas eu gostaria de resgatá-la. Ela é tão simpática — afirmou Tom.

— Você precisa resgatar os seus *irmãos*, lembre-se disso.

— Eu sei — disse Tom.

— Um de seus irmãos vai resgatá-la, e os outros vão resgatar todas as outras moças que eles devem resgatar. Você tem sua própria aventura agora, precisa ajudá-los a completar suas histórias. Esta é a sua missão, clara e simples. Temos de seguir as pistas, quaisquer que sejam elas, e ver aonde nos levam. A carta diz para escalarmos este pé de feijão, então é melhor fazermos isso logo. Venha, eu vou acompanhá-lo voando, mas é melhor nos apressarmos antes que aquela mulher saia de novo.

— Mas eu não gosto de altura — disse Tom. — Tenho medo de cair.

— O truque é não olhar para baixo — afirmou o corvo. — Vamos, você vai ficar bem.

Capítulo 31

No Meio do Pé de Feijão

O corvo acompanhava Tom, voando perto dele, mas principalmente pulando de folha em folha, enquanto Tom subia ao seu lado, pelo caule gigante do pé de feijão. A princípio foi uma subida bastante estável. As folhas eram separadas a intervalos regulares em torno do caule largo, e tudo que ele tinha de fazer era se agarrar às folhas acima de sua cabeça, passando às mais altas a cada passo. As folhas eram largas e firmes e pareciam suportar seu peso facilmente. Mas Tom ainda sentia muito medo; afinal, quanto mais alto ele subisse, maior seria a queda.

Ao subir, ele mantinha os olhos voltados para o caule, pois o corvo tinha lhe advertido que não olhasse para baixo, e ele esforçava-se ao máximo para não olhar. Mas, de tempos em tempos, olhava para cima, e o efeito era quase tão ruim quanto o que ele imaginava que seria ao olhar para baixo. O caule do pé de feijão parecia oscilar ou mesmo desabar em sua direção, enquanto ele olhava para o alto. Ele sentiu, em vários pontos da subida, um desejo súbito de desistir, de se soltar e cair para trás, e flutuar lentamente de volta ao solo. Seu lado sensato sabia que, na verdade, ele não flutuaria até o chão, mas, em vez disso, despencaria muito, muito rápido, até parar por completo no chão, com um choque de quebrar os ossos.

— Não pense nisso — disse a si mesmo.

Algum tempo depois, estavam alto demais para que considerasse a possibilidade de voltar. Ele olhou para cima e viu uma borda esfiapada, alva e felpuda. Estava quase chegando às nuvens.

Naquele momento, pela primeira vez, ele não pôde resistir e olhou para baixo. Foi um grande erro.

O pé de feijão serpenteava abaixo de suas botas. Parecia descer por quilômetros e quilômetros, até terminar como uma fina linha verde perto do que se assemelhava a uma diminuta casinha de brinquedo. Ele podia ver o caule se movimentando e as folhas ondulando ao vento. O pé de feijão lançava uma sombra comprida, muito comprida, sobre as colinas, e além, até o horizonte.

De repente Tom sentiu-se tonto e o mundo começou a girar. Ele podia sentir as botas deslizando nas folhas molhadas, as mãos subitamente úmidas escorregando nas hastes das folhas acima de sua cabeça, e ele teve certeza de que ia cair daquela altura toda até o chão.

— Estamos indo muito bem, Tom — disse o corvo. — Só falta ultrapassarmos as nuvens, e então veremos o que há de fato lá em cima.

Tom não conseguiu responder; estava hipnotizado pelo mundo em miniatura girando lá embaixo.

— Você está bem, Tom? — perguntou Joliz. — Ah, não, não, você olhou para o chão, não foi? — Pela expressão de pavor congelada no rosto de Tom, o corvo pôde ver que fora exatamente isso que ele fizera, e que poderia cair a qualquer instante; viu as mãos do garoto escorregando, soltando as folhas.

— Olhe para mim, Tom — pediu o corvo. — Vamos, agora, olhe para mim, esqueça o que está acontecendo lá embaixo, concentre-se em mim e ficará bem. — O corvo voou mais perto dele e pairou à altura do rosto de Tom.

Momentaneamente distraído pela súbita brisa provocada pelas asas do corvo, Tom levantou os olhos.

— Pronto — continuou o corvo —, agora sim, é assim que deve fazer, vamos, olhe apenas para mim. Estamos subindo, e não descendo... Nunca olhe para baixo. Naquela manhã, já faz tempo, eu lhe disse que você ia precisar de coragem, lembra-se? Agora você precisa, de verdade, Tom. Tenha coragem. Primeiro mova um pé, depois o outro, vamos.

Mantendo os olhos fixos no corvo, Tom conseguiu se elevar. Ele ousou largar as hastes das folhas, e por uma fração de segundo suas mãos se viram livres, enquanto ele se equilibrava apenas nas botas escorregadias. Poderia facilmente ter caído para trás. Mas não caiu, estendeu a mão para uma folha mais alta e segurou com firmeza. Agarrou a primeira, depois a segunda, e assim por diante, até que aos poucos se viu bem lá no alto, já dentro da estranha luz leitosa das nuvens, onde não havia nenhuma visão do solo para distraí-lo.

Tom descansou por um instante com o rosto encostado no caule. Sentia-se fraco, seu corpo todo tremia e ele respirava com dificuldade.

— Obrigado, Corvo, você me salvou — disse, por fim.

— Não, não — replicou o corvo. — Você se salvou, Tom. Foi você que teve coragem de estender a mão para os ramos mais altos, e conseguiu. Você demonstrou a verdadeira coragem, e isso tinha de vir de dentro de você, eu não poderia fazê-lo sentir isso. Eu acho, Tom Coração Leal, que você está no caminho de se tornar um aventureiro de verdade.

Depois de um breve descanso entre as folhas superiores, Tom subiu ainda além, até que de repente deixou para trás as formas macias e nebulosas que o circundavam, e emergiu em um outro mundo.

Parte Três
O Fim

Capítulo 32

O Mundo Acima das Nuvens

Tom e o corvo se viram olhando uma paisagem totalmente nova. O mundo acima das nuvens.

Onde iam se tornando mais ralas, as nuvens margeavam e debruavam a paisagem com uma densa névoa. Colinas, vales e árvores altas projetavam-se do topo delas. Lembravam um pouco a Tom uma manhã de outono na floresta em que ele morava. Uma estrada serpenteante estendia-se e se espiralava à sua frente, passando por cima e em torno das colinas, indo até um castelo alto e escuro no topo de uma distante colina.

O corvo levantou voo do pé de feijão e pousou na estrada.

— Parece bastante sólida — disse ele. — Venha.

Tom fechou os olhos, contou até três e saltou da ponta do pé de feijão. Era como saltar em sua cama em casa. Enquanto saltava, Tom desejou que não houvesse nada escondido debaixo da densa neblina.

Tom aterrissou em segurança na estrada e olhou à sua volta. As cores desta nova "Terra Celeste" eram muito diferentes da terra embaixo do pé de feijão. As árvores, que se projetavam pela paisagem como um monte de pirulitos, tinham folhas cor-de-rosa em vez de verdes. O efeito geral era um estranho e artificial resplendor de cores por toda parte. As pequenas colinas muito arredondadas se distinguiam em diferentes cores de doces: laranja, verde-claro, azul e um rosa açucarado semelhante ao das folhas. Era como se tudo ao redor dele fosse feito de doces. Tom decidiu que seguiria para o castelo. A estrada à sua frente seguia em uma única direção. Olhar para as cores desse mundo acima das nuvens, e pensar em doces, fez com que ele percebesse que estava muito faminto.

— Estou morrendo de fome — disse ele ao corvo. — Não comi nada desde aquele lanche de pão de mel.

— Vou ver se consigo encontrar algumas árvores frutíferas ou alguma outra coisa para comermos. Você vá e explore o local — disse o corvo, e levantou voo, deixando Tom sozinho.

Tom foi seguindo a estrada na direção do castelo. O céu acima era de um azul brilhante, mas fazia tanto frio quanto numa manhã de inverno em casa. Havia tanta friagem no ar que Tom ficou feliz por ter o pesado casaco de inverno. Em um dos lados da estrada via-se uma floresta de árvores de folhas cor-de-rosa. Sendas toscas e sinuosas circundavam os troncos. Tom, porém, manteve-se na estrada. Era tal a sensação de estranheza e a escuridão no meio daquelas árvores brilhantes, que ele decidiu manter-se longe delas. A estrada para o castelo serpenteava à sua frente e, enquanto caminhava, ele mantinha os olhos atentos a outros envelopes ou pistas da Agência de Histórias. Não encontrara nada desde que chegara ao topo do pé de feijão.

O castelo se avultava no alto da colina, e quanto mais Tom se aproximava, maior ele ficava. A colina onde o castelo se erguia não tinha a mesma cor brilhante de doce do restante da paisagem. Era de um cinza de granito, com pequenos trechos manchados de marrom espalhados por ela. Havia árvores dispersas nas encostas que levavam ao castelo, mas essas árvores eram nuas, sem nenhuma folha de doce nelas, e os galhos vazios eram brancos e enroscados como dedos de esqueleto. O castelo em si era cinza, sólido e enorme, lançando uma ampla sombra na estrada. À medida que chegava mais perto, Tom pôde ver que também estava em ruínas em alguns pontos: uma das torres inclinava-se para um dos lados e era sustentada por vigas de madeira presas com amarras de corda, como o mastro de um navio. Tom estava nervoso, tanto por causa do que encontraria no castelo, quanto da paisagem por que passava. Brilhante e tão alegre, e ao mesmo tempo escura e misteriosa. A estrada à frente se enroscava em torno de algumas das colinas menores, e às vezes se perdia de vista. Tom seguiu todas as voltas na estrada em vez de se arriscar a um atalho sobre as colinas de doces. Após uma das curvas, ele deparou com uma visão inesperada.

Capítulo 33

Um Encontro na Estrada

U m homem alto e magro vestido de preto também caminhava pela estrada. Tom não esperara ver ninguém antes de chegar ao castelo. Ele olhou ao redor, procurando seu amigo Joliz o corvo, mas não havia nenhum sinal dele.

Logo Tom estava perto o bastante do andarilho para que este ouvisse o som de suas botas. O homem girou a cabeça comprida e olhou para trás, na estrada, vendo Tom.

— Bom-dia, senhor — saudou Tom.

O homem se virou, claramente intrigado. Ormestone viu de imediato que aquela era uma versão baixinha dos terríveis aventureiros Coração Leal. Enquanto esperava que Tom o alcançasse, pensou rápido. Não contara em ter de se preocupar com um irmão mais novo, mas agora que a criatura estava tão perto de seu alcance, por que não se livrar dela também?

— Que bom encontrar uma criança tão educada nestes tempos tão difíceis — disse o homem. — Diga-me, rapaz, como você conseguiu chegar a esta altura toda aqui em cima? Eu estava certo de que era um dos únicos viajantes a conhecer este lugar.

— É uma longa história — disse Tom.

— Pois bem — disse o homem magro —, somos companheiros de viagem, e você está com fome, aposto. Você quer se juntar a mim em meu pequeno piquenique? Tem o bastante para nós dois, e então pode me contar tudo sobre você. — O homem parecia amigável, embora Tom tivesse sentido que o frio havia aumentado desde que o encontrara.

— Estou com fome, senhor, é verdade — disse Tom.

— Então nosso encontro veio bem a calhar — replicou o homem, e fez sinal indicando um lugar debaixo de uma árvore ao lado da estrada. O homem abriu sua cesta e tirou dali um pano e depois algumas trouxas e pacotes, dois pratos e algumas garrafas. Ele arrumou alguns sanduíches num prato e ofereceu a Tom.

Tom pousou no chão seu cajado com a trouxa e sentou-se na grama.

— Queijo e tomate — disse o homem em uma voz muito suave, quase um sussurro —, úmido e levemente esmagado, receio. — A palavra "esmagado" soou especialmente apavorante para Tom, mas estava faminto demais para se preocupar muito com isso. Ele pegou um dos sanduíches.

— Pegue dois, são muito pequenos — disse o homem.

— Quer beber alguma coisa? Tenho cerveja e limonada. Desconfio que a limonada seja melhor para você, a outra talvez mais adequada para um cavalheiro mais velho como eu. Você parece ter uns 10 anos, estou certo?

— Na verdade, tenho 12, senhor — afirmou Tom. — Meu aniversário foi outro dia.

— Doze — repetiu o homem. — Ora, ora. Ah, puxa, ter 12 anos outra vez, com toda a vida à sua frente. Para onde está indo, posso perguntar? Você disse que era uma longa história, então me conte.

— Estou a caminho do castelo — repondeu Tom, e nesse ponto ele hesitou. Quanto deveria dizer sobre si mesmo? Supôs que fosse óbvio para qualquer um que ele fosse algum tipo de aventureiro, por suas roupas e seu cajado. Mas fora advertido pelo Mestre, afinal, para tomar muito cuidado.

— Ah, sim, o castelo — disse o homem. — Muito grande, não é?

— Claro, é sim — concordou Tom.

— Eu também estou indo na direção do castelo. Quem sabe podemos caminhar até lá juntos? É sempre agradável ter uma companhia. Como foi que chegou até aqui em cima? — perguntou o homem. — Uma excitante subida de balão, talvez, ou algum novo tipo de engenhoca voadora?

— Não, subi por um pé de feijão gigante — disse Tom, e então imediatamente desejou não ter dito nada. Mas agora era tarde demais. Precisava mesmo ter mais cuidado.

— Sua história está ficando cada vez mais interessante — observou o homem. — Um *pé de feijão* gigante, você diz. Você simplesmente descobriu esse pé de feijão gigante quando estava caminhando?

— Sim — respondeu Tom.

O homem voltou-se para ele com um sorriso no rosto.

— Acho que você é um tipo de aventureiro — disse, enquanto olhava Tom de cima a baixo: o casaco, o escudo redondo atravessado no ombro, o cajado e a trouxa.

— Ah, se refere a tudo isso? — replicou Tom. — Não, encontrei tudo isso ao lado da estrada enquanto caminhava.

— Ah, encontrou? Sei, muito bem — disse o homem, atravessando Tom com seus olhos de aço penetrantes.

Quando terminaram, o homem cuidadosamente guardou as coisas do piquenique. Enquanto o observava, Tom avistou algo: era um pedaço do tecido especial da trouxa dos Coração Leal. O homem rapidamente o encobriu, mas não antes que Tom o tivesse visto. Tom compreendeu em um instante o que aquilo devia significar. Agora ele tinha uma razão muito boa para não gostar daquele homem. Tinha todos os motivos para temê-lo, para odiá-lo acima de todas as coisas.

— Acho que agora vou continuar a explorar a estrada — disse Tom. — Obrigado pelos sanduíches, senhor. Talvez eu não me dê ao trabalho de ir até o castelo, afinal. Parece um pouco triste e entediante.

— Não há de quê em relação aos sanduíches — replicou o homem. — Mas eu teria muito cuidado ao prosseguir. Pode haver toda sorte de *perigos* por aqui — sussurrou ele.

— Tenho certeza que sim — respondeu Tom olhando diretamente nos olhos pálidos do homem.

Não sabia mesmo o que fazer. Tampouco havia qualquer sinal de Joliz o corvo. Ele recomeçou a andar, e podia sentir o olhar frio do homem queimando em suas costas. Dobrou uma curva na estrada e, assim que se viu fora do campo de visão do homem, simplesmente correu o mais rápido que era capaz. E ele era muito rápido, suas pernas jovens impeliam-no com força enquanto ele corria abertamente em direção ao sinistro castelo. Ele não ousou virar-se para olhar a estrada às suas costas. Sabia que o terrível homem de preto estaria logo ali, atrás dele. Chegou ao castelo sem fôlego, mas à frente do homem. Examinou a estrada e as árvores à sua volta, mas não havia sinal dele em lugar algum. Tom agora estava seriamente preocupado. Não tinha escolha senão subir e entrar no castelo para se esconder; tinha certeza de que o castelo teria uma pista sobre o que havia acontecido com seus irmãos. Talvez estivessem todos trancafiados em algum lugar lá dentro. Se assim fosse, era sua função encontrá-los e resgatá-los.

Os degraus eram muito íngremes no castelo, que parecia quase impossivelmente alto, avultando-se acima dele. A bandeira preta e branca com os ossos cruzados adejava e estalava no vento frio; era um lugar extremamente desolado.

Tom começou com o primeiro degrau. Era imenso, muito maior do que um degrau precisava ser. Teve de se valer de todas as saliências, protuberâncias e fissuras na superfície da pedra como pontos de apoio na escalada. Quando finalmente chegou ao topo, viu-se sem fôlego, olhando para a imensa porta de madeira do castelo.

A porta era feita de maciças tábuas cheias de nós. Havia uma enorme aldraba, alta demais para que alguém do tamanho de Tom pudesse alcançá-la, mesmo segurando o cajado o mais alto possível. A parte inferior da porta, porém, estava lascada; seções dela haviam sido totalmente arrancadas e as extremidades de algumas tábuas estavam rachadas e gastas, de modo que grandes buracos triangulares haviam sido deixados abaixo do suporte de ferro que as unia. Depois de olhar a aldraba, desesperado, Tom percebeu que, espremendo-se um pouco, talvez fosse possível entrar no castelo por um desses buracos. Como um camundongo, ele pensou. Enquanto enfiava o ombro e o braço na abertura, viu o homem de preto quase alcançando a escada. O buraco tinha o tamanho exato, quase como se houvesse sido feito para esse propósito, e Tom pôde passar por ele, alcançando o vestíbulo do castelo.

Capítulo 34

O que Aconteceu com o Corvo

Joliz não tinha muitas preocupações com a atmosfera desse mundo acima das nuvens. Ele o sobrevoava, olhando as estranhas cores, a luz fria, o imenso castelo de aspecto sombrio no horizonte. Durante seu treinamento, ouvira Cícero falar das outras terras conectadas à Terra das Histórias, a Ilha das Histórias Sombrias, por exemplo, e esse lugar tinha mais em comum com o que ele imaginava que aquele seria — medonho, assustador e inquietante. Ele voava baixo, à procura de pomares ou plantações, ou mesmo fontes de água. Viu um campo com uma plantação toda coberta com frutinhas vermelhas brilhantes. Desceu até lá e sentiu o cheiro adocicado da fruta. Morangos, deliciosos, perfeitos, pensou ele. Tom vai gostar. Os pés de morango cresciam em fileiras pelo campo, não muito longe da estrada sinuosa. Ele poderia conduzir Tom facilmente até lá. Mas não resistiu a provar um deles. Então mergulhou para o solo e investiu na direção da plantação. Alguma coisa agarrou seu pé, e ele bateu as asas inutilmente enquanto caía sobre as redes que cobriam toda a plantação de morangos. Estava preso na fina rede e mal podia se mexer.

Capítulo 35

No Interior do Castelo

Tom ficou ali parado por um instante, dando tempo a seus olhos para que se acostumassem à penumbra. Ele se viu numa sala com o pé-direito muito alto, em que as paredes desapareciam na escuridão acima dele. Tom conseguia distinguir apenas outra porta no outro lado do vestíbulo. Estava entreaberta e um feixe de luz se derramava em torno dela, cruzando o chão. Ele caminhou na direção da porta, lenta, cuidadosa e silenciosamente. O simples ato de cruzar o vasto vestíbulo era como andar por uma estranha paisagem. Quando estava perto da abertura da porta, ele se deteve, esticou o pescoço e espiou o cômodo seguinte.

Viu imensas peças de mobília. As maiores e mais sólidas cadeiras que já vira, agrupadas em torno de uma mesa rústica alta e comprida. Havia uma gaiola quadrada de madeira sobre a mesa, e sobras de corda grossa caindo de um dos lados.

Ouviu-se então um barulho como um trovão e o chão estremeceu debaixo dos pés de Tom. Os copos e a louça de barro tilintaram e repicaram sobre a enorme mesa. Os estrondos seguiam um ritmo regular, como se uma criatura imensa estivesse vindo em sua direção pelo corredor. Bum, bum, bum, bum, cada vez mais alto, cada vez mais perto. Tum... tum... Tom agachou-se o máximo que pôde, enterrou o rosto nas mãos, e encolheu-se, tentando se misturar ao chão e ficar invisível. Apertou-se o máximo possível contra o batente da porta e esperou que um elefante surgisse. O trovão parou com um estrondo súbito, e Tom ouviu uma voz gigantesca berrando, cantando tão alto que ecoava por todas as paredes de pedra...

"Fi-fa-fo-fu!
Sinto o cheiro de criança."

A música alta foi seguida por uma enorme explosão de riso. Então um barulho que parecia o de um punho enorme batendo na mesa. Espiando pela abertura Tom viu facas, garfos, porta-ovos e copos saltarem e girarem no ar antes de aterrissarem de volta na mesa. Ele podia ver parte de uma enorme figura corpulenta. Uma perna com calções esfarrapados, um braço coberto com couro rasgado e remendado.

Era um gigante.

Tom mal ousava respirar, os olhos fixos na imensa figura desajeitada, com calças cujas pernas eram presas por ligas cruzadas.

— *Vou moer seus ossos...*

Tom nunca vira um gigante antes. Estava aterrorizado. Nunca tinha visto nada ou ninguém tão grande assim.

— ...*para fazer meu pão.*

Batidas rápidas vieram da porta da frente logo atrás de Tom. Ele mergulhou em um buraco na tábua mais próxima, sentindo-se como um rato na ratoeira. A porta imensa foi aberta.

— Ora, ora, ora — trovejou o gigante. — Então aí está você, finalmente.

O gigante e o homem de preto passaram por Tom, indo para a sala com a mobília gigantesca. Depois de um tempo, Tom adiantou-se furtivamente e espiou pela porta semiaberta.

O homem de preto estava de pé sobre a mesa imensa e o gigante sentado em uma de suas imensas cadeiras, os cotovelos apoiados sobre a mesa. As duas cabeças estavam mais ou menos no mesmo nível.

— Eles ainda estão presos? — perguntou o homem de preto, com sua voz muito fria.

— É claro, senhor — trovejou o gigante. O cabelo do homem de preto voou em torno de sua cabeça com a rajada de vento provocada pela respiração do gigante ao falar.

— Algo imprevisto aconteceu — disse o homem de preto com fúria controlada. — Existe mais um Coração Leal e ele está em algum lugar do castelo.

O gigante pôs-se de pé, desajeitado, espalhando pratos e copos.

— Onde? — berrou ele. — Deixe-me pegá-lo. Traga-o até aqui. Vou moer os ossos dele.

— Acalme-se, acalme-se — disse o homem de preto. — É só um garoto, não precisa se preocupar com ele. Não é nenhuma ameaça.

Então o homem de preto começou a gargalhar. Era um som horrível, fantasmagórico, a risada mais asquerosa que Tom já ouvira. E o menino ficou furioso. E esqueceu do medo. Também esqueceu do bom-senso; pôs-se de pé, e entrou impetuosamente na sala, fechando a pesada porta atrás de si com um ruído estremecedor. De repente, ele se viu exposto em uma luz brilhante no chão de pedra entre o gigante e o homem de preto.

— Ora, ora, ora — disse o homem de preto. — Falando no diabo, e ele aparece, o pequeno Coração Leal em pessoa.

Um par de imensas mãos peludas agarraram Tom pela cintura no momento em que ele se preparava para correr. Ele foi içado no ar, e então colocado dentro da gaiola de madeira sobre a mesa. O gigante fechou a porta da gaiola com um nó enorme de uma corda grossa e Tom ficou de pé no meio dela, olhando para o homem de preto e o horrível gigante.

— Permita-me apresentá-los — começou o homem de preto. — Como eu disse, este pequenino rapaz é o último dos Coração Leal. — O rosto do homem abriu-se em um sorriso asqueroso, revelando seus dentes amarelos.

— Então este é ele — ribombou o gigante. — É um menininho bem raquítico, não é?

— Ah, sim, não temos nada a temer. Olhe pare ele: não é nenhum aventureiro. É só um garotinho muito assustado

— disse o homem de preto. — Um garotinho assustado querendo a mamãe. — E o homem de preto fez uma imitação zombeteira de choro. — Refresque a minha memória — disse ele —, qual é mesmo a variante do velho e entediante nome "João" que você carrega, garotinho?

Tom não respondeu, limitando-se a fitá-lo.

— Seu nome é Joana, Jacinta ou Jane?

O gigante riu alto, divertido.

Tom sacudiu com fúria as barras de madeira da gaiola.

— Não — disse ele com orgulho, desafiador. — Meu nome é Tom Coração Leal, dos aventureiros Coração Leal. Estou aqui sob as ordens do Mestre da Agência de Histórias para resgatar meus irmãos. — Então ele foi sentar-se num dos cantos da gaiola, enterrando o rosto nos braços. Era inquietante pensar que essa horrível criatura houvesse talvez matado todos os seus irmãos, e que o próprio Tom seria o próximo.

O gigante de repente esticou os braços enormes e bocejou com um grande rugido.

— Ooohhhaahh, ai, ai, estou cansado agora e preciso tirar um cochilo. Importa-se de vigiar o menino por enquanto?

— Será um prazer — disse Ormestone.

O gigante se levantou e saiu, batendo os pés imensos e trovejantes. Em um minuto o ribombar rítmico dos roncos do gigante podiam ser ouvidos ao ecoar pelas paredes de pedra.

Todos os acontecimentos na história de Tom, todos os testes que tinham sido impostos à sua coragem, haviam levado a essa armadilha final. O homem de preto andava de um lado para o outro, casualmente, sobre o tampo da mesa, com as mãos nos bolsos, e olhava Tom através das barras da gaiola.

— Então — disse ele —, agora você é um aventureiro, não é? Um bravo homem de ação, com uma missão, exatamente como seus irmãos pretensiosos e seu patético pai antes de você?

Nesse momento o homem de preto agarrou as barras da gaiola. Os nós de seus dedos ficaram brancos quando ele apertou as mãos em torno da madeira.

— Irmãos bravos e valentões, que vão e ganham todo o crédito por terminar *minhas* histórias. Esta eu vou terminar sozinho, e todas as futuras histórias também serão concluídas por mim. Não vai mais haver necessidade de nenhuma espécie dos assim chamados aventureiros — sibilou ele. — Por que você acha que elaborei toda esta trama, para trazer seus irmãos a este lugar em particular? Por que os trouxe justamente para o castelo de um gigante? Por causa do seu pai. Lembra-se, meu garoto, de como seu pai ficou conhecido desde sua primeira grande aventura? "João, o Matador de Gigantes", não foi? Você tem alguma ideia sobre quem inventou a raça dos gigantes? Sabe, jovem Coração Leal, eu inventei os gigantes muito tempo atrás. Seu pai, o nobre João Coração Leal, matou minha criação favorita, meu primeiro gigante, irmão mais velho da criatura feroz que está dormindo no andar de cima.

Tom manteve-se calmo e imóvel ouvindo o homem, sem nenhuma expressão no rosto. Ele tinha sentido o frio cabo de metal da espada de Joe, intocada e a salvo, totalmente oculta no cinto sob as dobras do casaco de inverno. A porta da gaiola estava toscamente fechada com uma simples meada de corda — grossa, mas ainda assim apenas corda.

Tom sentia a excitação crescer dentro dele. Teve de morder o lábio para evitar sorrir ou cair na gargalhada.

Primeiro, Tom curvou-se para o homem de preto. Em seguida, puxou a espada da bainha debaixo do casaco num movimento rápido e experiente. Ergueu-a diante de si, como fizera tantas vezes antes com a espada de brinquedo em sua casa. A lâmina de verdade cindiu o ar entre ele e o homem com uma linha de prata refulgente. A lâmina feita pelo anão estremeceu e repicou com uma nota prolongada, como um sino. O homem de preto calou-se momentaneamente com o choque. Tom deu um passo à frente dentro da gaiola e tocou a ponta da espada muito delicadamente na corda amarrada pelo gigante. Ele sorriu para o homem de preto e tornou a erguer a espada, alinhando-a com seu nariz. Fechou os olhos e disse em voz alta o lema da família: "Com o Coração Leal", então baixou a lâmina num gesto rápido contra o fecho de corda. O nó se partiu. Os fios esticados se soltaram, rodopiando no ar em uma explosão de fiapos espiralados e fragmentos, e a porta da gaiola se abriu.

O homem de preto recuou um passo, com fúria e medo. Estava atônito. A força de Tom, sua súbita reação, pegaram-no de surpresa.

— Você não pode fazer isto! — gritou ele.

— Tarde demais — respondeu Tom. — Já fiz.

Tom passou pela porta da gaiola com a espada em punho. Ormestone atirou-se contra ele, furioso, o rosto cheio de ódio. Agarrou o braço livre de Tom e o girou.

— Não tão rápido — disse ele em sua voz gélida. — Aonde você pensa que vai?

— Cumprir minha missão — disse Tom, e passou uma das pontas da corda em torno das pernas de Ormestone, puxando com força. Ormestone perdeu o equilíbrio e caiu, batendo na gaiola de madeira. Suas pernas magricelas se emaranharam nas ripas de madeira, e mesmo lutando para se colocar de pé, Ormestone puxou do bolso um grande lenço branco. Conseguiu se colocar de joelhos ainda agarrado ao braço de Tom e empurrou o lenço na direção do menino. Este o empurrou de volta para Ormestone. O tecido tinha um cheiro doce e enjoativo.

Tom tombou contra o homem de preto, e a espada do anão caiu no chão com um sonoro retinido. Então os dois rolaram, enroscados, até bem perto da extremidade da imensa mesa, enquanto Ormestone tentava levar o tecido de cheiro enjoativo ao rosto de Tom. O braço livre de Ormestone ficou preso nas ripas da gaiola, e, enquanto ele tentava libertá-lo, Tom conseguiu forçar a mão de nós brancos que segurava o tecido de volta ao nariz do próprio Ormestone.

— Cheire-o você mesmo — gritou Tom, e Ormestone subitamente afrouxou a mão no braço de Tom. Ele despencou de encontro à gaiola com um suspiro frio e sinistro, e de repente parecia estar adormecido — ou mesmo morto.

Tom jogou uma ponta da corda até o chão e voltou-se para a figura caída, encolhida como uma boneca de pano contra a gaiola.

— Volto para cuidar de você depois que resgatar meus irmãos.

Tom então desceu rapidamente do tampo da mesa até o chão pela corda. Pegou a espada e subiu correndo a escada até o quarto do gigante, mobiliado com uma imensa e primitiva cama de quatro colunas. Todas as quatro eram, na verdade, simples troncos de árvores cortadas. Além da cama e do gigante dormindo ruidosamente, havia outra gaiola de madeira apoiada na mesinha de cabeceira. Uma galinha branca muito grande e de aparência infeliz encolhia-se tristemente dentro da gaiola. Perto desta, via-se um pesado chaveiro de ferro com várias chaves enormes. Tom atravessou o quarto na ponta dos pés, muito silenciosa e temerosamente, em direção à mesa de cabeceira. Ele pensou que o mínimo que podia fazer era libertar a pobre galinha, que provavelmente seria o próximo lanche do gigante. A galinha o viu aproximar-se e se levantou, batendo a cabeça na gaiola.

— Shh — disse a galinha bem baixinho —, nem um ruído, ou você o acordará. Ele tem o sono muito leve.

Tom subiu pelo pé rústico da mesinha e chegou o mais perto que pôde da gaiola e da galinha.

— Pensei que devia tentar libertá-la. Sou um aventureiro — sussurrou Tom.

— É muita gentileza sua — replicou a galinha —, mas ele nunca vai me deixar ir, nunca.

— Ele está dormindo. Posso tirar você daí num instante e, quando ele acordar, você já estará longe.

— Sou na verdade uma galinha encantada — disse a ave.

— Tenho certeza que sim — afirmou Tom.

— Não, quero dizer que sou especial de verdade — murmurou a galinha.

— Porque pode falar? — perguntou Tom o mais baixinho possível.

— Não, não — respondeu a galinha —, por outro motivo. Olhe todos aqueles porta-ovos.

Havia uma série de misteriosos objetos de madeira ovalados espalhados nas sombras. Eram na verdade dúzias de imensos porta-ovos. Tom foi até o mais próximo. O ovo ali dentro parecia feito de metal, e era da cor do ouro.

— Aí está — disse a galinha. — Eu lhe disse. Eu boto ovos de *ouro maciço*. Sou a Galinha dos Ovos de Ouro. Sofri um feitiço e agora ele não se cansa de mim, ou do que *sai* de mim.

Os porta-ovos estavam por toda parte: escondidos atrás da mobília e empilhados debaixo da cama; centenas de ovos de ouro maciço. Uma verdadeira fortuna se encontrava ali, acumulada e desperdiçada no quarto escuro e sujo do gigante avarento. Aquela pobre galinha seria muito útil em qualquer lugar, menos aqui, pensou Tom. Ele voltou até a gaiola.

— Você *é mesmo* especial — sussurrou ele.

— Obrigada — disse a galinha.

— Vou salvá-la — afirmou Tom.

— E quanto aos outros? — perguntou a galinha.

— Os outros? — repetiu Tom.

— Sim, os outros. Tem muitos outros como você, lá embaixo na masmorra — contou a galinha.

Capítulo 36

O RESGATE

Joliz, o corvo, levou muito tempo para abrir caminho com o bico em meio à malha da rede dos morangos. Estava preocupado com o que podia ter acontecido a Tom. Assim que se viu acima do campo, esquadrinhou a estrada até o imenso e sinistro castelo. A história certamente termina lá, pensou ele, e voou naquela direção.

Joliz entrou por uma janela quebrada na torre. Uma escada de pedra espiralada o conduziu pelas sombras até a parte baixa do castelo, seguindo a parede curva. O corvo voava silenciosamente para baixo, planando para a escuridão cada vez maior, e logo chegou à masmorra. Um corredor escuro se estendia à sua frente com finos feixes de luz que se infiltravam por fileiras de grades enferrujadas no teto. Havia uma dúzia de imensas portas de carvalho com tachões de metal alinhadas em um dos lados do corredor. O corvo olhou entre as estreitas aberturas com barras e por cada uma das grades ele viu um prisioneiro. Contou os homens sentados no escuro;

eram cinco ao todo. O restante das celas estava vazio. Joliz, o corvo, pensou que era hora de ir ao encontro de Tom.

Tom tirou a tesoura de Rapunzel de sua sacola de viagem. Queria ser bem silencioso; a espada seria rápida mas barulhenta, e o homem de preto logo estaria subindo a escada aos berros. Ele cortou com calma o nó da corda com a delicada tesoura dourada e, em um minuto, a gaiola estava aberta. O corvo chegou quando Tom separava os últimos fios da corda.

— Aí está você, Corvo, finalmente — disse Tom. — Graças a Deus, pensei que tivesse desaparecido.

— Desaparecido não, Tom, só preso por algum tempo — contou o corvo.

— Devo apresentar vocês dois... — começou Tom.

— Não há tempo — afirmou o corvo. — Temos de sair daqui. Venham comigo até a masmorra, sem perguntas.

— As chaves — disse a galinha, e, ao deixar a gaiola, ela pegou o enorme feixe de chaves com o bico. As chaves chocalharam ao esbarrar nas barras da gaiola quando Tom subiu em suas costas, e o gigante se remexeu. Então o corvo e Tom nas costas da galinha, saíram voando do quarto, descendo pela escada escura.

O gigante de repente se ergueu, totalmente desperto. Ele ouvira alguma coisa. Olhou para a mesinha de cabeceira.

A gaiola de madeira estava vazia; a porta, aberta. Sua favorita, a galinha que botava ovos de ouro, se fora. Ele se pôs de pé e atravessou, desengonçado, o quarto.

— Galinhazinha, galinhazinha — saiu gritando a plenos pulmões, com sua voz formidável.

Tom e as duas aves pousaram no corredor da masmorra. Tom levou o imenso chaveiro até a primeira porta. A fechadura era alta demais para que ele a alcançasse; então deslizou as chaves por baixo da porta e disse o mais alto que pôde:

— Aqui estão as chaves, seja lá quem estiver aí dentro. Veja se uma delas serve. Eu sou Tom Coração Leal e estou aqui para resgatá-lo.

Ouviu-se um grito abafado por trás da porta da masmorra.

— Tom? Nosso Tom? Não, não pode ser, é algum truque sujo daquele porco, não é?

— Não — gritou Tom —, sou eu mesmo.

— Meu Deus, Tom, como conseguiu nos encontrar?

Tom ouviu o atrito e o tilintar do metal contra a pedra quando as chaves foram apanhadas. O corvo foi de porta em porta, de grade em grade, alertando quem estava ali que se preparasse para partir. Tom ouvia resmungos de trás da primeira porta, e estalidos e arranhões enquanto cada chave era testada na fechadura. Agora havia um grande coro de vozes abafadas vindo das outras celas à medida que os prisioneiros se davam conta de que finalmente alguma coisa estava de fato acontecendo.

Um grito veio de dentro da cela diante de Tom, e a porta se abriu, rangendo. Um homem surgiu da escuridão. Um homem alto, de ombros largos e aparência heroica, e assim que ele pôs os pés no corredor e a luz que vinha de cima o atingiu, Tom viu que era seu irmão Joca.

— Joca — disse Tom.

— Tom — replicou Joca, em total incredulidade. — É você mesmo. Não posso acreditar. Puxa, tenho uma história e tanto para lhe contar.

— Não há tempo, não há tempo — disse o corvo. — Rápido agora, você precisa libertar os outros, e, pelo amor de Deus, depressa.

Joca trabalhou rápido escolhendo as chaves, e um por um os irmãos de Tom foram libertados de suas celas na masmorra. Ali estavam eles reunidos, pestanejando à meia-luz no corredor: Joca, Joãozinho, Juca, Jean e João, e com eles um carrancudo anão de barba.

— Pessoal, este é Joe — disse Joca. — Joe, estes são meus irmãos.

Joe foi recebido pelo clã Coração Leal com grande animação.

— Venham — chamou o corvo —, precisamos ir imediatamente. Não vai demorar muito para aquele gigante perceber o que está acontecendo.

— Espere — disse Tom. — Onde está Juan? Para onde ele foi?

— Ele estava sob feitiço, lembram-se? — disse João. — Um feitiço padrão; ia ser transformado em sapo.

Houve um arquejo coletivo diante do pensamento do pobre Juan preso no corpo de um sapo, em algum lugar, quem sabe numa poça, por sua própria conta.

Eles percorreram as celas, uma depois da outra, para ter certeza. Eram todas muito escuras e sombrias... e vazias. Tom chamou:

— Juan, você está aí? Saia, sou eu, seu irmão Tom. As portas estão abertas, estamos prontos para fugir agora. Venha.

Não havia sinal dele em nenhuma parte; estava claro que o pobre Juan o sapo estava desaparecido.

— O corvo e eu viemos até aqui para salvar vocês. A presença de vocês está sendo urgentemente requisitada. Todas as suas histórias estão paradas no ponto em que vocês as deixaram e precisam ser devidamente concluídas antes que aquele homem de preto vá até lá e faça isso primeiro, e faça tudo errado. Todas aquelas princesas e donzelas adoráveis necessitam que vocês as resgatem. Cabe a vocês todos terminar o que foi começado. Precisamos ir agora, imediatamente, antes que o gigante nos pegue. Vocês terão de descer por um pé de feijão muito perigoso, porque, talvez não saibam disso, estamos em uma nova terra no céu, bem acima das nuvens.

Capítulo 37

A Perseguição

— *F i-fa-fo-fu...* — Do alto vinha o som do gigante, tum, tum, tum, descendo os degraus de pedra.

Sinto o cheiro de criança.

O gigante desceu os degraus, marchando em fúria. Ele ia encontrar sua galinha e então todos iam pagar por isso. Pensou em seus horríveis prisioneiros lá embaixo, na escuridão, aprisionados por trás daquelas portas pesadas, muito bem-trancados em suas celas, só esperando a hora de serem moídos. Ele alcançou a base da escada, dirigiu-se pesadamente até a primeira porta e espiou. Estava tudo surpreendentemente silencioso. Os prisioneiros em geral estavam sempre gritando uns com os outros ou xingando Ormestone ou tentando cavar túneis com colheres. Ele se abaixou e espiou pela grade na porta — a cela parecia vazia.

— Ei? — chamou ele. Olhou na próxima cela. Também parecia vazia, assim como a próxima, e a próxima, e assim por diante, até que ficou claro, até mesmo para o obtuso gigante, que seus prisioneiros deviam mesmo ter escapado. Aqueles horríveis Coração Leal, e o pior de tudo, com eles, sua preciosa Galinha dos ovos de ouro.

— Moer os ossos — rugiu ele —, vivos ou mortos... fazer o pão.

O gigante agora expressava sua imensa fúria aos berros. Ele ia de uma ponta a outra do corredor da masmorra. Para cima e para baixo, ia e voltava. Olhava as celas vazias, repetidas vezes, e sempre que olhava ainda estavam vazias. Ele estava mal-humorado e indeciso, e enquanto vociferava e se agitava, os Coração Leal lentamente seguiam para o lado de fora.

O corvo havia descoberto outra porta que servia de saída da masmorra, mas o gigante logo estaria atrás deles, xingando e perseguindo-os, com toda certeza, e o problema era que podia avançar mais rápido do que eles.

Joca era totalmente favorável a que dessem meia-volta e o enfrentassem como um grupo, assim como Joãozinho e Juca e Jean.

— Não — disse João, sem fôlego. — Não, não, parem, por favor. Primeiro, não temos armas, lembram-se? Segundo, tenho certeza de que esta deveria ser a minha história, e portanto eu devo terminá-la sozinho. Afinal, eu mal consegui começá-la. Precisamos todos terminar as histórias para que fomos designados. Tenho direito a uma conclusão, pelo menos.

— Suas armas estão aqui — gritou o corvo. De fato, os escudos, machados e espadas dos Coração Leal estavam empilhados num canto imundo. Foram rapidamente apanhados e presos à cintura.

— Muito bem, Sr. Corvo — disse João.

Então ouviram um leve som vindo de perto de seus pés.

— *Croac*, socorro!

Era um brilhante sapo verde preso numa gaiolinha.

— Juan — disse João —, é você?

— Quem poderia ser? — respondeu o sapo, mal-humorado. — Agora, ande, me tire daqui.

— É ele — disse João. — Talvez devamos deixá-lo aí. Faria bem a ele.

— Abram esta coisa e vamos, *croac* — disse Juan.

Joca deu um passo adiante com as chaves. Havia apenas uma de tamanho diminuto entre todas as chaves imensas no chaveiro. Ele abriu a gaiolinha, pegou Juan e enfiou o sapo, apesar de seus protestos, em sua sacola de viagem.

— Cuidado, Juan — disse ele —, segure firme. Lá vamos nós.

Assim, continuaram correndo, precipitadamente, até alcançarem a porta externa. Joca entregou as chaves a Juca, que experimentou cada uma delas, manuseando o chaveiro na escuridão para encaixar cada chave e tentar girá-la, enquanto de algum lugar atrás deles vinham os gritos do gigante. Este havia chegado ao curto corredor, e Joca gritou:

— Depressa, pelo amor de Deus!

Juca finalmente girou uma chave que funcionou, e a imensa porta se abriu. Os Coração Leal, Joe, Joliz o corvo e a galinha gigante, todos saíram aos tropeções e dispararam pela estrada, correndo em meio à chuva na direção do topo do pé de feijão.

O gigante emergiu piscando por causa da luz forte do dia. Todos os seus prisioneiros da família Coração Leal e sua preciosa galinha estavam fugindo. Não fora isso que lhe prometera o perverso Ormestone, com suas palavras macias e persuasivas. O gigante ficou parado por um instante no degrau e gritou a plenos pulmões:

— *Fi-fa-fo-fu...* Moer seus ossos... Moer seus ossos — gritou ele repetidamente. Por fim ele se preparou, pôs as imensas pernas em movimento, e começou a correr pela estrada sinuosa na direção do pé de feijão. Saltava as colinas arredondadas enquanto os trovões e raios da tempestade rebentavam por todo seu imenso corpo.

Tom apontou para o topo do pé de feijão em meio à chuva.

— Lá está ele, o pé de feijão. Este é o caminho de volta. Vão — gritou ele —, vocês precisam descer, mas tenham muito cuidado com tudo que fizerem, e *não* olhem para baixo.

Um por um, todos os irmãos, exceto Tom e João, seguidos por Joliz o corvo e a galinha, com o pequeno Joe na retaguarda, começaram a descer o pé de feijão. Tom tinha uma promessa a cumprir. Deu meia-volta e correu o mais rápido que pôde de volta ao castelo.

Enquanto isso, João ficou sozinho, dessa vez como um príncipe e não um camponês, e esperou na tempestade. Estava preparado para o gigante, que surgia trovejando na última curva da estrada.

Tom não demorou a encontrar o Irmão Ormestone. Ele estava no corredor do castelo, e xingava baixinho. Arrastava um imenso saco de ovos de ouro na direção da porta. Tom deixou Ormestone chegar até o primeiro degrau antes de se revelar. Segurava a espada diante de si e barrava a saída.

— Ah — disse o Irmão Ormestone —, vejo que voltou. Eu o felicito. Você será uma testemunha do meu triunfo final.

— Fique aí imóvel — ordenou Tom, feroz —, e muito quieto.

O Irmão Ormestone ficou rígido onde estava, as mãos ao lado do corpo, o saco cheio de ouro aos seus pés.

— Agora, além de tudo, está roubando — disse Tom.

— Não estou roubando, seu tolo, tudo isto é meu, meu, cada pedacinho, todo ouro de duende é meu, foi ideia minha para começar. Quem você acha que permitiu que tudo isso acontecesse, que criou aquela galinha? Eu, é claro. Tudo isso começou aqui, dentro da minha cabeça, bem aqui. Eu não vou voltar lá para baixo, tenho outros planos, outros acordos. Agora, se me der licença...

O Irmão Ormestone pegou o saco no momento em que Tom investia contra ele com a espada. Ormestone riu, desviou o golpe, e então parou na extremidade do degrau alto.

— Não vou voltar para aquela Agência, aconteça o que acontecer — disse ele —, isso é certo. Tenho muitos outros planos. Ah, e certamente vou transmitir meus melhores votos a seu querido pai.

Ele deu uma gargalhada estridente e horrível, então simplesmente se virou e saltou do degrau. Tom, em uma fúria súbita e cega, correu para a borda. Chegou a tempo de ver Ormestone aterrissar no degrau seguinte, os ovos tilintando estrepitosamente, em seguida o próximo e então o outro, com velocidade e agilidade surpreendentes. Por um momento, Tom ficara atônito demais com a referência a seu pai para segui-lo.

Essa pessoa horrível e apavorante sabia algo sobre seu pai desaparecido. Ele viu, ainda paralisado no mesmo lugar, Ormestone alcançar o último degrau e partir a toda velocidade. Tom suspeitava que Ormestone havia utilizado alguma feitiçaria. Ele se movia muito rápido, como se houvesse algum vestígio de duende nele.

Com isso, Tom pareceu sair do transe. Tornou a guardar a espada na bainha e desceu saltando imprudentemente os imensos degraus. Quando chegou à trilha, Ormestone corria de volta na direção do pé de feijão. Então Tom percebeu que ele havia subitamente saído da estrada principal e se ocultado sob as árvores. Seguia para uma das colinas arredondadas cor de doce que havia ali perto. Tom não tinha escolha senão segui-lo o mais rápido possível para as sombras, sob as árvores.

Capítulo 38

De Volta à Terra

João não precisou esperar muito pelo gigante. Ele logo surgiu ribombando na curva e parou, deslizando no chão molhado, surpreso, diante de João.

— Argh — disse o gigante, sacudindo a cabeleira para livrar-se da água da chuva. — Onde está minha Galinhazinha?

João abriu a boca para falar, mas então simplesmente se virou e correu, o mais rápido que pôde, seu casaco de aventureiro agitando-se atrás dele. O gigante levou um segundo para perceber o que estava acontecendo, então ele também avançou pela trilha, seguindo João e rugindo de raiva. João alcançou o topo do pé de feijão e ergueu a espada. Alinhou a lâmina de encontro ao nariz e, no momento em que o gigante apareceu, João investiu contra ele e o golpeou na perna. Não esperou para ver o efeito do golpe. Deu meia-volta e começou a descer pelo pé de feijão o mais rápido possível.

João havia calculado com exatidão o golpe de espada. A lâmina afiada atravessara uma das ligas cruzadas que prendiam as imensas pernas da calça do gigante. Quando este começou a descer o perigoso pé de feijão, as ligas cortadas começaram a se soltar lentamente da perna. O gigante forçava os pés enormes da melhor maneira possível nas folhas molhadas e escorregadias, mas se desconcentrou e de repente prendeu os pés na liga pendente e perdeu o equilíbrio. Agarrou-se ao caule para se firmar, enquanto os pés escorregavam e suas pernas pendiam por um segundo no ar úmido.

João não perdeu tempo, e desceu o mais rápido que conseguiu pelo caule, precipitando-se e escorregando nas folhas, cada vez mais baixo, cada vez mais rápido. Ele podia ver os irmãos e a grande galinha branca muito mais abaixo que ele. O gigante recuperou o equilíbrio e prosseguiu, colérico, no encalço de João. Gritava *"Fi-fa-fo-fu"* em sua ira terrível. João precisava alcançar a base do pé de feijão primeiro.

João precipitou-se pelas últimas folhas e chegou à base do caule. Ele praticamente despencou os últimos metros, até o quintal da mulher desagradável. A maior parte de seus irmãos, Joliz, o corvo, e o pequeno Joe encontravam-se reunidos em um grupo atordoado em torno da grande galinha branca. A mulher esganiçada gritava com eles do vão da porta.

— Ei, vocês, cuidado com o meu quintal, descendo assim dessa enorme erva daninha. O que vem agora?

— Um machado, rápido — gritou João.

Talvez fosse o tom de urgência em sua voz, ou talvez fossem os rugidos do gigante que se aproximava com rapidez, que a fez entrar imediatamente, e voltar a sair igualmente rápido, da casa. Qualquer que fosse o motivo, ela entregou o machado a João, que se lançou ao trabalho com toda vontade, golpeando com força o tronco do pé de feijão, e logo os grandes caules retorcidos começaram a se inclinar e oscilar.

Quando ele se sustentava no ar apenas por uma finíssima parte do caule, com o gigante trovejando "Galinhazinha, galinhazinha" uns 12 metros acima deles, João alinhou a ponta do machado contra o último fio do caule, ergueu a ferramenta com os olhos fechados, gritou: "Com o Coração Leal", e cortou com exatidão o que restava do pé de feijão.

A grande estrutura tombou. As folhas tremularam e tremeluziram enquanto se enroscavam à luz do sol, e o grande caule rangeu e estalou. O gigante, vendo seu destino, soltou o tronco em pânico, e despencou, de pernas para o ar, até que finalmente, com um último grito de *"Galinhazinha!"*, chocando-se contra a terra com uma imensa força explosiva.

A terra tremeu como em um terremoto, e várias telhas caíram da torre. À medida que a poeira assentava, os irmãos ficaram um momento olhando os arredores, apenas absorvendo o que havia acontecido. João sacudiu a cabeça.

— Então é isso, acabou. Na verdade, acabei minha história, mais ou menos — disse ele. — Uma pena, porém, que não haja nenhuma princesa para resgatar desta vez. — E deu de ombros.

No local onde o gigante caíra havia um imenso buraco no formato do gigante, que parecia não ter fim. João, o corvo e a galinha foram até a borda do buraco e espiaram lá dentro.

— Não voltaremos a vê-lo — disse Joliz, o corvo.

— Ótimo — disse a galinha. — E pensar no número de ovos que botei para aquele louco horrível. Bem, já foi tarde, eu digo.

— E quanto ao meu quintal? — perguntou a mulher esganiçada. — Quem vai tapar aquele enorme buraco?

— Obrigado, senhora — disse João ao devolver à mulher esganiçada o bom machado. — Bem, não queremos o seu mal, e, para provar, vamos lhe dar isso.

Ele deu tapinhas no flanco da galinha, que se abaixou no chão por um momento, deixou escapar um "quac", ergueu-se, e lá estava um imenso e brilhante ovo de ouro. João o entregou à mulher.

— Isso deve ser o suficiente para cobrir as despesas de tapar qualquer buraco, e para eventuais consertos de que sua casa possa precisar, e também deve mantê-la alimentada por um bom tempo.

A mulher esganiçada estava encantada com o tamanho e o peso do ovo de ouro.

— Sinto muito que eu tenha sido injusta com todos vocês — desculpou-se ela, com uma pequena reverência.

João afagou a imensa galinha branca.

— Tem muito mais de onde esse veio — replicou ele.

Capítulo 39

De Volta Acima das Nuvens

Tom tremia enquanto seguia a trilha que serpenteava entre as árvores. Ele podia ouvir o Irmão Ormestone adiante avançando rápida e ruidosamente pela vegetação rasteira. Um pouco depois, Tom emergiu em uma clareira logo abaixo de uma das colinas arredondadas de cor pastel. Ormestone encontrava-se um pouco à frente, ao lado de uma imensa cesta de vime de onde pendiam cordas; parecia várias cestas de roupa transformadas em uma. Ormestone entrou na cesta e Tom correu em sua direção, atravessando a clareira. Ormestone abaixou-se dentro da cesta e reapareceu segurando dois grandes sacos acima da cabeça. Tom fez uma pausa e Ormestone lançou os dois sacos com muita dificuldade no chão, onde caíram com um baque surdo.

Tom investiu com sua espada e tentou atingir Ormestone, que se abaixou bem a tempo e tornou a reaparecer com mais dois sacos, lançando-os sobre a borda da cesta com um sorriso malicioso e triunfante.

— Seu garotinho patético. Você nunca vai ser um aventureiro de verdade como seus irmãos ou seu pobre e velho papai. Um garoto precisa do pai. Ah, pobrezinho, o coitadinho sentiu a falta do papaizinho esses anos todos? Pense nisso: você nunca vai saber o que aconteceu com ele, nunca, pois eu vou partir, para onde você não pode me seguir. Adeus!

A cesta simplesmente se levantou do chão e foi se erguendo bem rápido, como se por alguma força mágica. Tom olhou para cima e viu que a colina arredondada e cor de doce também estava se erguendo, e com a mesma rapidez. Só que não era uma colina. Era parte do imenso balão, a engenhoca voadora provida e acionada por ar quente. A camada superficial do balão era exatamente da mesma cor que as colinas à sua volta, de modo que ele havia simplesmente se misturado à paisagem. Outro saco pesado foi lançado da cesta e o balão se ergueu ainda mais rápido. Tom podia apenas observar, furioso, enquanto seu maléfico inimigo ia se elevando na direção do céu nublado. Ormestone debruçou-se sobre a borda da cesta e acenou para Tom com um sorriso presunçoso.

— Adeusinho, então — gritou ele. — Nunca mais vamos nos ver. Ah, só mais uma coisinha: seu pai está em um lugar tão distante que você nunca vai encontrá-lo, nunca.

Tom, agora cego pelas lágrimas de ódio e raiva, correu à frente. E foi muito rápido. Lançou-se para a cesta que se erguia no ar e conseguiu agarrar uma das cordas que pendiam dela.

— Foi um grande prazer — gritou Ormestone para o chão. — Sabe, não existe nada mais delicioso do que passear em minha máquina voadora especial. — E, enquanto dava seu breve e autoconfiante aceno final, não percebeu que Tom não estava mais visível abaixo dele no solo.

Tom agarrava-se à corda com toda a firmeza de que era capaz. Balançava-se para a frente e para trás, tentando criar impulso até alcançar um ponto em que pudesse se lançar para dentro da cesta. Mesmo que não conseguisse derrotar Ormestone, tinha de saber onde o pai estava. O céu agora havia escurecido em torno do balão. Eles estavam entrando na tempestade.

Ouviam-se trovões, roncos surdos a princípio, e então o estampido violento de um raio brilhante, e a chuva fria atingiu o rosto voltado para cima de Tom. A tempestade tomou todo o céu. O balão foi açoitado e lançado de um lado para o outro pelo vento, entre as nuvens e os lençóis de chuva. Ele agora seguia com mais velocidade, tanto que Tom foi obrigado a se segurar com mais força ainda. Ele podia ver o pé de feijão lá embaixo, desaparecendo a distância na direção do chão. Tom tentou se erguer até o topo da cesta. A cabeça do Irmão Ormestone surgiu sobre a borda.

— Você! — gritou ele com ódio e surpresa. — Bem, sou obrigado a reconhecer o seu mérito por se pendurar aí, mas isso não vai lhe servir de nada. Pretendo continuar agora em um grande resplendor de glória. Finalmente serei o autor tanto do início quanto do fim de minha própria história. De um lugar tão alto acima das nuvens, acima de todas as suas pessoinhas patéticas, eu me tornarei uma nova lenda, um novo mito. Veja a rapidez com que estamos voando. Logo você vai cair daí, seu fracote, você não vai poder se segurar para sempre. Então estarei sozinho para executar o novo começo, o primeiro capítulo da minha história, rá-rá.

— Houve mais um súbito clarão de raio que iluminou o rosto de Ormestone com sua luz fria e reluzente, e seus olhos, fixos e ensandecidos, cintilaram com o brilho azul e metálico da loucura.

— Diga-me apenas o que você fez com meu pai — gritou Tom, suas palavras arrebatadas pelo vento.

— *Eu* não fiz nada. Apenas sei o que aconteceu, tenho espiões. Ouvi coisas nas Terras Sombrias, mas jamais vou lhe contar, isso não. Papai vai continuar sendo meu segredinho, rá-rá.

De certa maneira, isso era pior do que nada. Enquanto crescia, Tom havia se acostumado com a ideia de que o pai tinha desaparecido em uma audaciosa aventura. Estava acostumado, embora se sentisse triste, com a ideia de que nunca o veria, nunca o encontraria, e que seu pai jamais o abraçaria. Agora o horrível Ormestone tinha reaberto a ferida. Tinha apunhalado Tom no coração e girado a lâmina com seu horrível escárnio.

Tom estava caindo, escorregando cada vez mais, em direção à extremidade da corda. O balão sobrevoava a floresta, até onde Tom podia distinguir através da enregelante neve que caía misturada com a chuva. Ele podia ver um grande dossel de árvores cobertas de neve, as nuvens brancas sobre as quais elas estavam e montes de neve acumulada. Chegaria em breve um ponto em que teria de arriscar soltar a corda e simplesmente confiar que o destino o faria pousar em segurança em algum lugar lá embaixo. Um lugar macio o bastante para lhe permitir sobreviver à queda.

— Você esqueceu uma coisa — gritou Tom.

Ormestone inclinou-se sobre a borda da cesta.

— E o que seria isso?

— Tenho uma peça rara de ouro de duende — afirmou Tom.

Ormestone hesitou; se havia uma coisa que ele amava acima de qualquer coisa era ouro de duende.

— Verdade? O que é? — perguntou ele.

— Ajude-me a subir e eu a mostrarei a você — disse Tom.

Ormestone agora estava dividido entre a cobiça e seu ódio por Tom. Era apenas um menino, afinal de contas. Podia simplesmente pegar o ouro dele e então atirá-lo lá embaixo. Se não houvesse nenhum ouro, se fosse um truque, então ele simplesmente o lançaria para fora de qualquer jeito.

— Dê-me a mão então, garoto.

Tom agarrou a mão fria e ossuda de Ormestone. Então içou o corpo e subiu com dificuldade na cesta.

— Muito bem — disse Ormestone —, vamos, me mostre, o que é?

Tom se abaixou e puxou de sua sacola de viagem a bola de ouro que a princesa havia lhe dado. Ele a estendeu na direção de Ormestone. Um relâmpago cintilou no céu e o ouro refletiu a luz. A delicadeza da bola revelou-se em toda a sua beleza. Os olhos de Ormestone se arregalaram.

— Ouro repuxado — disse ele —, minha nossa! — E ficou momentaneamente hipnotizado pela bola de ouro.

Tom usou a mão livre para sacar a espada afiada de Joe. Ela deslizou da bainha e retiniu no ar frio e molhado, e ele a brandiu para o alto. Errou o primeiro golpe e quase soltou a arma. Fechou os olhos e sentiu a chuva fria molhando seu rosto. Então atingiu alguma coisa, houve um grande estrondo e um súbito ímpeto. Um grito veio de Ormestone. Tom havia cortado o tecido do balão, e agora eles caíam com rapidez.

— O que você fez? — gritou Ormestone.

E investiu contra Tom, que escapou para o outro lado da cesta. Ormestone gritou para que o menino lhe desse a bola, mas ele simplesmente a atirou no ar, para fora da cesta. A bola era tão leve, tão frágil, que por um momento pairou suspensa no ar e no vento em torno do balão. Ormestone lançou-se para ela e tentou pegá-la, correndo de um lado para o outro da cesta em queda. Tom subiu na borda da cesta e Ormestone, cheio de fúria, avançou contra ele e o empurrou da borda, lançando-o no vento frio e veloz.

Capítulo 40

Acima das Terras das Nuvens,
Cinco Segundos Depois

Ormestone ficou de pé na cesta e olhou para a figura cadente de Tom, e para a bola de ouro que caía com ele. O balão subiu um pouquinho depois do salto de Tom, mas o efeito durou pouco. Ormestone logo se espatifaria no chão lá embaixo. Uma parte de sua carga teria de ser lançada fora. O saco de ovos de ouro estava aos seus pés. O capital para sua futura história. Ele não tinha muita escolha. Tentou abrir a boca do saco, mas seus dedos estavam frios e a corda que a amarrava estava molhada. Ele insistiu, atrapalhado, e xingou enquanto o mundo se aproximava cada vez mais rápido dele. Conseguiu meter a mão no saco e, com dificuldade, puxou um único ovo de ouro. Ele o segurou por um momento e o olhou com espanto. Era imensamente pesado, sólido e dourado, com a superfície lisa, e cintilava com um brilho bonito e quente entre todas aquelas nuvens escuras, e a neve misturada à chuva. Que

233

coisa linda que ele fizera ser criada. Ele podia até mesmo ver seu reflexo um tanto retorcido olhando-o de volta, como um louco. Ele o lançou fora da cesta e então mergulhou a mão no saco e pegou outro lindo ovo de ouro.

— *Bão, balalão* — gritou ele para o vento quando jogou o ovo para o ar —, *Senhor Capitão* — ele puxou outro ovo do saco e o atirou no ar —, *espada na cinta, ginete na mão.* — Mais um ovo jogado fora. — *Em terra de mouro* — gritou ele, enquanto procurava, atrapalhado, outro ovo —, *morreu seu irmão.* — Ele pegou o ovo no saco molhado, e o lançou com toda a sua força. — *Cozido e assado no seu caldeirão* — gritou Ormestone, mas não houve resposta. Ninguém o ouvira, apenas o vento e as árvores que se aproximavam rapidamente.

Ormestone de repente lembrou-se de um daqueles velhos problemas filosóficos. Qual era mesmo? Ah, sim: "Se uma árvore cair na floresta, fará algum ruído se não houver alguém para ouvi-lo?" Ormestone percebeu com um terrível sobressalto que era tarde demais, que ele estava prestes a cair na floresta fria, exatamente como uma daquelas árvores imaginárias. Por que fora pensar naquele enigma tolo naquele momento? Naturalmente, se ele se espatifasse no chão agora, mesmo que fosse em um grande resplendor de glória, não haveria ninguém lá para ver ou ouvir. Não haveria ninguém para saber o que tinha acontecido, não haveria ninguém para *contar a história.* Mas não haveria nenhuma história, não sem um fim apropriado.

— Diabos o carreguem! — gritou ele, sacudindo o punho para o céu enquanto o balão seguia desinflando em meio à tempestade.

Tom segurou o casaco de Joãozinho o mais estendido possível, seus braços bem abertos. O casaco funcionava como um freio e ele sentiu que sua queda desacelerava um pouco. Uma extensão de nuvens brancas vinha rapidamente ao seu encontro e Tom atingiu o topo da linha de árvores que havia ali em uma explosão de gelo e neve macia. Então despencou na superfície da nuvem, e a pancada o deixou inconsciente. Ficou caído num monte alto e macio coberto de neve, na borda da nuvem. Acordou algum tempo depois, congelando, mas ileso. Pôs-se a caminhar pelo que podia ver da sinuosa estrada acima das nuvens, onde encontrou, a intervalos ao longo da trilha serpenteante, uma trilha de grandes ovos de ouro, e a certa altura a delicada bola de ouro repuxado. A neve que caía ia gradualmente cobrindo-os, e um a um Tom os recolheu e os colocou em sua sacola. Chegou ao lugar onde se lembrava que o pé de feijão terminava. Não estava mais lá; seus irmãos deviam tê-lo liquidado, talvez o tivessem derrubado.

Ele olhou lá para baixo pela abertura, sentindo-se de repente muito tonto. O mundo estava a uma grande distância abaixo dele. Como iria descer? Seria suicídio a simples tentativa. Ele precisava de uma engenhoca voadora ou de um pé de feijão com grandes folhas nas quais se equilibrar.

Nunca mais haveria um daqueles. Então de repente ele se lembrou de algo. Levou a mão à sacola e tirou o feijãozinho que guardara na Fazenda Arruinada.

— Eram feijões mágicos, afinal — disse Tom para si mesmo.

Ele olhou para o céu; a tempestade passara. Uma lua brilhante aparecia em meio a alguns restos esfiapados de nuvem e Tom jogou o feijão de modo que ele caísse no mundo lá embaixo. Então sentou-se e esperou que a magia se realizasse.

Capítulo 41

O Retorno de Tom

Ele não precisou esperar muito tempo. Ouviu-se um ruído distante e retumbante, e algo grande e verde rompeu o ar frio muito perto dele. Em um minuto aproximadamente, um esguio pé de feijão havia crescido, coberto por grandes folhas espaçadas. Tom foi até ele, agarrou uma delas, e desceu os degraus de folha, um após o outro, até alcançar a sólida segurança da terra e o quintal familiar da Fazenda Arruinada.

Capítulo 42

Joãozinho e o jovem Tom, contundido mas agora em segurança, encontravam-se diante do castelo encantado, observando-o. A última vez que Joãozinho se vira naquele local fora em um dia de névoa e umidade, e as folhas das urzes gotejavam. Hoje o sol brilhava em um céu azul impecável. Tom ficou esperando enquanto Joãozinho mergulhava no túnel que ele havia aberto tantas semanas atrás. Joãozinho abriu a porta central e entrou no pátio sombrio. Viu o soldado cochilando debaixo da roseira, exatamente como Tom havia descrito. Cortou a vegetação nova em torno da porta da torre, e subiu correndo a escada. Chegou ao pequeno quarto que era um caramanchão de rosas onde estava a cama, exatamente como Tom disse que estaria, em sua plataforma. Dirigiu-se cautelosamente até a cama cortinada, abriu um pouquinho só a cortina, com grande cuidado, e então baixou os olhos.

Uma garota dormia sobre as cobertas. Tom dissera a Joãozinho que a jovem adormecida parecia ela mesma uma rosa, e parecia mesmo. Além disso, era a garota mais bonita que Joãozinho já vira na vida. Esguia e pálida, sua pele tinha o mais delicado rubor cor-de-rosa, e seus cabelos eram finos e macios. Ele apaixonou-se imediatamente por ela. E então curvou-se devagar na direção dela; agora sabia o que precisava fazer para quebrar o terrível feitiço do sono. Ele fechou os olhos e baixou a cabeça na direção da dela. No mesmo momento a princesa Aurora abriu um olho um pouquinho só e espiou através de seus longos cílios seu príncipe Joãozinho Coração Leal. Ela deve ter gostado do que viu (um aventureiro corajoso, alto, com belos traços esculpidos e ombros largos, alguém mais apropriado talvez do que aquele primeiro que apareceu, embora ela tenha realmente achado Tom muito bonitinho), pois sorriu para si mesma pouco antes de os lábios de Joãozinho roçarem sua bochecha com o mais delicado dos beijos.

Assim que ele a beijou, ela sentou-se e esticou os braços acima da cabeça, então bocejou e abriu os olhos. Sorriu docemente para Joãozinho e ele retribuiu o sorriso, encantado.

— Olá — disse ela. — Estou tão feliz que você tenha vindo. Aliás, já não era sem tempo.

— Lamento, eu a teria resgatado há séculos — disse Joãozinho —, mas alguém fez tudo que pôde para me deter.

Naquele momento, o rei irrompeu alvoroçado no quarto.

— Minha querida Aurora — gritou ele —, você está desperta, todo o palácio está desperto, finalmente o feitiço foi quebrado!

Era verdade, Joãozinho agora podia ouvir o canto dos pássaros e todos os barulhos da atividade que se esperaria ouvir em um castelo real.

— Pai — disse Aurora —, este é o jovem aventureiro que enfrentou tudo com bravura e quebrou o feitiço.

— Seja muito bem-vindo, rapaz — disse o rei.

Joãozinho fez uma mesura e respondeu:

— Senhor, eu estava simplesmente cumprindo meu dever como aventureiro e como um Coração Leal.

— Você pode pedir qualquer coisa como recompensa, meu jovem — disse o rei. — Tudo que há no reino é seu.

— Eu já sei exatamente o que gostaria de receber como recompensa, senhor — disse Joãozinho —, e não é o seu reino. Em vez disso, se me permite, gostaria de pedir a mão de sua filha em casamento.

Capítulo 43

Jean, Tom e o corvo rumaram para o sul, e seguiram diretamente para o palácio real. Jean bateu na porta com tanta força que a derrubou. Então prosseguiu intempestivamente pelos corredores de cor pastel até que um assustado lacaio vestido da cabeça aos pés em seda cor-de-rosa tentou detê-lo curvando-se repetidamente diante dele enquanto ele avançava impetuosamente.

— Bem-vindo de volta, Vossa Alteza real — disse o criado com pompa e nervosismo.

— Não perca tempo com todas essas boas-vindas, mesuras e sedas elegantes. Diga-me apenas o que aconteceu com aquela adorável jovem que usava os sapatinhos de cristal depois que fui sequestrado naquele baile horrível — vociferou Jean.

— Ah, senhor — exclamou o infeliz lacaio —, ela era uma fraude, não uma nobre em absoluto. Seus finos trajes de repente se transformaram em farrapos. Ela estava sob algum encantamento, que deve ter chegado ao fim. A patética garota balbuciou alguma coisa sobre o senhor ter sido sequestrado, mas nenhum de nós acreditou nela, e ela então desapareceu noite adentro, e nunca mais foi vista. De qualquer modo, senhor, *nós* todos achamos que o baile foi um sucesso.

— Era de se esperar — disse Jean. — Felizmente, meu irmão, o jovem Tom aqui presente fez um trabalho sério de detetive e recuperou isto da cena do crime. Mostre a ele, Tom.

Tom tirou algo de sua sacola de viagem de aventureiro, segura e caprichosamente embrulhado no tecido dos Coração Leal.

Jean expediu uma proclamação real: ele, pessoalmente, visitaria cada casa, de cada jovem casadoura, em todo o reino meridional, para procurar o amor de sua vida que havia desaparecido, e anunciava que tinha uma forma segura de descobrir exatamente quem era ela.

Isso causou uma grande agitação por todo o reino. Todas as famílias socialmente ambiciosas se prepararam para a visita real do belo Príncipe Encantado.

Na distante casa de um comerciante, com um sólido pórtico dourado, houve uma enorme agitação. A madrasta deixou as duas filhas infelizes e muito mal-humoradas prontas e à espera na sala de estar dourada.

Cinderela, sua enteada, foi mantida bem fora do caminho e muito ocupada, limpando, passando e polindo na cozinha imunda, como de costume, tendo como companhia apenas seus amiguinhos camundongos.

Uma tarde, Jean, Tom e o lacaio aproximaram-se da mansão do comerciante. O criado bateu à porta.

O príncipe e sua comitiva foram conduzidos à sala principal. Uma mulher carrancuda encontrava-se orgulhosamente ao lado de um sofá dourado muito feio. As duas infelizes jovens que haviam sorrido tanto e tão afetadamente para o príncipe no fatídico baile estavam empoleiradas juntas, ambas vestindo suas horríveis melhores roupas, no sofá. Ambas sorriam para ele, prontas para qualquer que fosse o teste. A casa desse comerciante era o último de todos os endereços de jovens casadouras. Não havia mais nenhum lugar em que a adorável e misteriosa garota pudesse estar.

O lacaio apresentou uma bela almofada de veludo, coberta com um delicado pedaço de veludo da mesma cor. Jean falou baixinho:

— Sob este tecido descansa uma peça de evidência vital, recuperada pelo meu irmão caçula aqui, na cena do meu sequestro. — Houve um arquejo agudo de todas as mulheres. — Trata-se de um sapato especial, perdido na fuga pela jovem por quem me apaixonei. É um delicado sapatinho feito de cristal de duende repuxado.

O criado retirou o tecido com tal floreio que derrubou o sapato cintilante, fazendo-o cair da almofada em direção ao duro piso de mármore. Em um lampejo, Tom aproveitou a oportunidade. Todo aquele treinamento nas solitárias manhãs no quintal de casa agarrando com uma só mão a bola estava prestes a ser colocado à prova. Instintivamente, ele mergulhou para a frente e conseguiu pegar o minúsculo sapato de cristal antes que este se espatifasse no chão em um milhão de fragmentos.

Nenhuma das duas horripilantes garotas conseguiu fazer com que seus pés entrassem no sapatinho, por mais que tentasse. A mãe de repente apresentou o que parecia ser uma faca muito afiada e a ofereceu a uma das garotas. Jean, horrorizado, gritou:

— Não!

Ele pensou que elas pudessem se sentir tentadas a cortar os próprios dedos ou calcanhares para que o sapato lhes servisse.

— É uma calçadeira — observou friamente a mãe.

— Ah — suspirou Jean, educadamente fazendo uma mesura.

— Tem mais alguém na casa? — perguntou, circunspecto, o lacaio.

— Ninguém — respondeu a madrasta.

O pai, o comerciante então falou de um canto escuro da sala:

— Você não está esquecendo alguém? — perguntou, quieto como um camundongo. — Minha pequena Cinderela, minha filha preciosa.

— Ora, é claro que eu não estava me esquecendo dela, meu querido — disse a detestável mulher. — É só que ela não poderia ter estado no baile. Estava aqui em casa, ocupada como sempre. Ela adora limpar coisas, sabe, Alteza.

— Vá buscá-la agora — ordenou Jean com grande autoridade.

Um momento depois, a jovem criada, as roupas rasgadas e remendadas cobertas de cinzas e fuligem, entrou piscando na sala. Jean a reconheceu imediatamente. Seu coração deu um salto; ele tinha certeza de que era ela a jovem mascarada do baile. Ele próprio ajoelhou-se diante dela e tirou o sapatinho de cristal com muito carinho e cuidado da almofada. Se Tom não tivesse evitado que ele se despedaçasse em um milhão de cacos, como as coisas teriam terminado? Jean o deslizou em um único movimento no pobre pé da jovem, cuja meia estava remendada e desfiada. O sapatinho serviu-lhe com perfeição.

— Você aceita ser a esposa de um aventureiro corajoso e leal? — perguntou ele, fitando os adoráveis olhos cinza-pálidos da jovem.

Capítulo 44

Tom, Joca, o pequeno Joe e o corvo viajaram para o norte, de volta à neve e ao gelo. Tom devolvera a Joe a espada, que tinha, afinal, ajudado a salvar o dia no castelo do gigante. Tom agora estava mais ansioso do que nunca em ter sua verdadeira espada de aventureiro. Fizeram sua jornada sob céus cinzentos carregados e ventos que traziam chuva e neve, o corvo passando grande parte do tempo abrigado nos ombros de Tom, debaixo do capuz de seu casaco.

Eles chegaram com os outros seis anões ao local que abrigava o caixão de vidro, e lá estava Branca de Neve, ainda perfeita em seu travesseiro. Havia apenas um débil tom rosado em suas bochechas, e seus cílios estavam delicadamente cobertos de gelo. Joca ergueu a tampa arredondada de vidro, curvou-se e beijou a fronte da fria princesa. Ela se agitou no travesseiro branco, abriu os límpidos olhos azuis e sorriu para Joca. Ele a ajudou a ficar de pé e o pequeno Joe adiantou-se e a envolveu em um manto de pele, e então ele e Joca a carregaram até um dos pôneis da mina de diamantes, e voltaram em procissão para a casinha de madeira.

Quando Branca de Neve estava devidamente aquecida e após uma substanciosa ceia em torno da lareira, Joca apoiou-se em um dos joelhos e pediu sua mão em casamento. Ela aceitou, feliz, e os sete anões deram vivas. Joe disse que fora uma boa coisa que Tom estivesse lá para impedir que os outros a enterrassem para sempre. Então eles pegaram os instrumentos e tocaram e dançaram com alegria, e houve uma grande celebração.

Capítulo 45

Tom sentou-se no dorso do belo cavalo branco de Juca, que fora encontrado todo contente, comendo maçãs em um pomar perto de onde fora deixado, ainda com todos os seus belos pavilhões. Juca, montado no cavalo, percorreu a trote a distância até a base da torre ao lado da casa na Fazenda Arruinada. A mulher de rosto fino estava seguramente dentro da casa, ocupada em cortar seu imenso ovo de ouro em fatias muito finas, mas ainda assim muito valiosas. Tom enviou o corvo para ficar de olho nela. De repente, Rapunzel meteu a linda cabeça para fora de sua alta janela.

— Aí está você, finalmente. Ah, e você também, jovem Tom, bem-vindo de volta. Vocês encontraram uma escada alta? Faz muito tempo que vocês partiram.

— Ah — disse Juca —, a escada, é... Tom, cadê aquela escada?

— Bem... hã... não conseguimos encontrar uma alta o bastante — disse Tom, hesitante.

— As escadas são muito baixas, sabe? — disse Juca, não ousando admitir que havia se esquecido totalmente da escada.

Rapunzel não ficou nada satisfeita.

— Venho suportando isso por muito tempo. Estou presa aqui em cima, e morrendo de vontade de vê-lo novamente, meu príncipe. — Ela deixou pender a cabeça e parte de seu pesado cabelo rolou pela janelinha, ficando pendurada na parede da torre. Tom lembrou-se de algo.

— Srta. Rapunzel — chamou ele —, talvez não precisemos de escada, no fim das contas.

Ele sussurrou algo para Juca.

— Não vai doer?

— Creio que não — disse Tom.

— Você pergunta a ela então — replicou Juca.

— Senhorita, pensei numa coisa — começou Tom.

— Mesmo? — replicou Rapunzel docemente.

— Sim. Estava me perguntando que comprimento seu lindo cabelo teria agora.

— Ah, está muito, muito comprido, Tom.

— Ele chegaria até aqui embaixo?

Ela se inclinou para fora da alta janela e foi puxando o cabelo para diante do corpo, e a trança despencou, uma grossa corda dourada, até o local onde Tom e Juca estavam.

— Bem, isso é mesmo comprido — disse Tom. — Dói se eu fizer isso? — Ele puxou com força a extremidade da trança de Rapunzel.

— Ai — disse ela. — Doer de verdade, não, não poderia chamar assim.

— Então esta será a sua escada — disse Tom a Juca.

Juca olhou para Rapunzel lá em cima e gritou:

— Segure-se firme, estou indo resgatá-la, minha bela.

Ele agarrou o lindo feixe de cabelos dourados e começou a subir na direção da pequena janela, sua armadura tilintando e retinindo enquanto ele escalava e batia contra as pedras da torre.

A cada passo que subia, os gritos de "Ai!" e "Ui!" de Rapunzel iam se tornando mais altos, até que o corvo apareceu.

— Cuidado — gritou ele. — A mulher de rosto comprido está saindo da casa.

No momento em que ela atravessava, alvoroçada, o pátio, Juca já entrava pela janela alta e estreita.

Rapunzel o olhou, a dor dos cabelos puxados esquecida em um instante. E Juca olhou para ela. Se isso fosse possível, era ainda mais bonita de perto do que ele imaginara. Seus olhos eram da cor de mares límpidos. Para Rapunzel, Juca era, se isso fosse possível, ainda mais forte e bonito do que ela poderia ter esperado. Eles se beijaram suavemente, e Tom teve de olhar para o lado, constrangido, o que fez com que desse de cara com a mulher magra e carrancuda. Ele se preparou para um puxão de orelhas. Mas, em vez disso, ela simplesmente sacudiu a cabeça e disse a Tom:

— Ah, bom, tudo bem quando termina bem.

— Ah, mãe — gritou Rapunzel —, estou tão feliz, pois vamos nos casar.

— Cuidado com a minha horta, rapaz, com essas suas grandes botas de metal, quando, ou se, descer — disse ela com uma leve insinuação de sorriso no rosto. — Como está nossa amiga, a galinha de ouro? — perguntou ela a Tom, confidencialmente. — Será sempre bem-vinda aqui, você sabe.

— Ah, estou certo que sim — respondeu Tom.

Rapunzel jogou um beijo para Tom.

— Graças a Deus você me deteve quando eu ia cortar os cabelos, Tom. De que outra forma seu belo irmão teria me alcançado?

Capítulo 46

Tom e o corvo partiram cedo para as terras do leste. Levavam Juan com eles, cuidadosamente guardado na sacola de aventureiro de Tom, junto com a linda bola de ouro da princesa. A cabecinha verde de Juan se projetava no alto da sacola, enquanto ele ia dando as coordenadas para chegarem ao Portão do Leste. Ali, foram detidos pelo guardião na barreira.

— Agora quem temos aqui? — perguntou ele, saindo, apressado, da pequena cabana.

— Eu sou Tom Coração Leal, dos aventureiros Coração Leal — disse Tom —, e preciso ir até o palácio a fim de completar a história com que meu irmão Juan estava comprometido há algumas semanas.

— Seu irmão, é? — perguntou o guardião. — Um rapaz de boa aparência, todo paramentado de verde, seria ele?

— Sim — respondeu Tom —, seria.

— Se é a história dele, por que ele mesmo não está aqui para concluí-la? As regras são muito claras — disse o guardião.

— Ele está aqui — retrucou Tom.

— Bem, então ou ele está invisível ou eu fiquei cego de repente — disse o guardião.

— Estou aqui embaixo... *croac*... seu cabeça-dura — afirmou Juan, da aba da sacola de Tom. — Estou sob um... *croac*... feitiço. Certamente você se lembra disso?

O guardião, atônito, olhou mais de perto a fonte daquele barulho.

— Ora, ora, então está aqui mesmo — disse ele. — Suponho que você vai querer voltar à sua antiga forma. Bem, faz tempo que não vejo duendes por aqui.

— Não se preocupe... *croac*... com isso — disse Juan. — Levante a barreira e nós cuidaremos do resto.

Eles viajaram através de toda a neblina do leste, passando por casas tortas e espantalhos assustadores, até encontrarem o palácio com o belo jardim.

— Este é o lugar — anunciou Juan.

Tom, com o corvo empoleirado alegremente em seu ombro, marchou direto para a porta da frente e bateu a aldraba com grande força. Um lacaio respondeu à porta com uma expressão muito arrogante fixa no rosto.

— Pois não — disse ele. — Como posso ajudá-los?

— Eu sou Tom Coração Leal, menino aventureiro — apresentou-se Tom. — Vim ver o rei e sua filha, a princesa.

— E qual é o assunto, posso perguntar? — disse o lacaio, franzindo o nariz com repugnância à súbita visão de um grande corvo negro e um sapo verde pegajoso, ambos olhando para ele. Um se empoleirava no ombro do menino e o outro projetava a cabeça viscosa de sob a aba da bolsa de viagem do garoto.

— Assunto... *croac*... particular — respondeu o sapo.

— Não creio que esta seja uma razão boa o bastante — afirmou o lacaio.

— Acho que será — disse Tom, encorajado. — Tenho uma carta do próprio Mestre da Agência de Histórias dando-me acesso a tudo e a todos, mesmo a um rei.

O lacaio bloqueou a entrada com os braços estendidos.

— Não sei nada sobre isso. É minha função proteger o rei e a princesa. Tivemos antes alguns problemas aqui que perturbaram muito nossa princesa — disse ele.

— Foi... *croac*... por minha causa — disse Juan. — É por isso que estamos aqui.

Nesse exato momento, o rei em pessoa apareceu. Estava usando coroa e trajes reais, mas trazia um par de chinelos confortáveis nos pés.

— Ora, ora, que comoção toda é essa, Brathwaite? Quem são essas pessoas? — E o rei deu um passo à frente, examinando Tom de perto.

— Ah... *croac*... bom-dia, vossa... *croac*... majestade. Sou eu — disse Juan.

— Santo Deus! — exclamou o rei. — Que extraordinário. Você fala exatamente como um sapo que conheci, e ainda consegue falar sem mover os lábios, jovem.

— Fui... *croac*... eu, Vossa Majestade. Lembra-se, o sapo?

Foi só então que o rei notou Juan, cuja cabeça se projetava da bolsa de Tom.

— Ah, é você — disse ele. — Graças a Deus. Minha filha ficou tão infeliz desde que você se foi. Nós havíamos praticamente desistido de você. Como vai? Minha filha está sofrendo muito, embora eu não saiba a razão.

— Vim especialmente para vê-la — disse Juan.

— Bem, então é melhor vocês todos me seguirem. Deixe-os passar, Brathwaite, ele é um bom rapaz.

Eles encontraram a princesa em seu quarto. Ela se pôs de pé quando Tom e o rei entraram repentinamente. Estivera trabalhando com afinco em uma tapeçaria, a imagem de um sapo usando uma coroa como a do rei, sentado, feliz, em uma folha de lírio-d'água.

Ela sorriu para Tom, que disse:

— Bem, prometi que traria sua bola de volta, e aqui está ela. — Ele procurou na sacola e tirou de lá a linda bola.

— Ah, obrigada — disse a princesa, sem muito entusiasmo.

— Também trouxe isso de volta para você, como prometi — anunciou Tom com um floreio.

— Olá... *croac*... princesa — disse Juan, saindo da bolsa e indo parar aos pés de sua amada com um grande e desajeitado salto.

— Oh, é mesmo você? Meu Deus, eu fiquei tão preocupada depois de seu desaparecimento.

Ela pegou Juan do chão e, sem hesitar, plantou um grande beijo em sua cabecinha verde.

Houve um lampejo de luz branco-azulada e o quarto pareceu girar. Ouviu-se um barulho súbito, como o vento rugindo entre as árvores numa imensa tempestade, seguido pelo silêncio, e lá estava Juan em todo o esplendor de seus trajes verdes. O feitiço foi quebrado, o encantamento chegara ao fim: ele estava de volta à sua antiga e bela forma.

A princesa recuou um passo.

— Meu Deus — exclamou ela. — Que belo rapaz!

— Você me salvou, minha adorável princesa, de um feitiço e de uma vida capturando moscas em pleno voo com a língua.

— Eca — disse o rei.

— Eca mesmo, pode acreditar — concordou Juan.

— Foi seu doce irmãozinho aqui que me impediu de continuar procurando por toda parte um homem que estivesse à altura das qualidades de meu sapo maravilhoso. Ele me fez esperar, e certamente valeu a pena.

Juan abaixou-se, apoiando-se em um só joelho. Pegou a mão da linda princesa e disse:

— Minha querida princesa... hã... acho que não sei o seu nome — disse Juan.

— É Zínia — sussurrou o rei com uma piscadela.

— Minha querida Princesa Zínia — continuou Juan —, aceita ser a esposa de um príncipe aventureiro?

— Mesmo que ele tenha sido sapo um dia — murmurou o rei.

— Oh, sim, aceito — respondeu a Princesa Zínia. — Pois, estranhamente, senti tanto a sua falta que chegava a doer.

Capítulo 47

O grande salão durante todo o dia estivera em sua lotação máxima, com Irmãos copistas, Irmãos criadores de enigmas, Irmãos poetas, Irmãos criadores de histórias e Irmãos desenhistas. Tom, que a essa altura ainda tinha alguns hematomas, mas estava totalmente recuperado de sua aventura em meio à neve e às nuvens da estranha terra, sentava-se à frente entre os irmãos e ao lado da mãe.

Havia um alegre fogo ardendo e crepitando na grande lareira, e todos agora ouviam atentamente João Coração Leal. João sentava-se na beirada do trono do contador de histórias. Estava contando a sua história, que era, naturalmente, *João e o Pé de Feijão*. Ele a contava bem. Prendia a atenção da audiência, e agora estava quase chegando ao fim. De todas as seis histórias, contadas uma a uma, por todos os grandes e bravos irmãos Coração Leal, a dele era a última.

— ...e porque era tão enorme e pesado, o gigan-
te caiu, atravessando a terra, numa imensa e es-
trondosa queda, e nunca mais foi visto. João
apresentou a mãe à galinha que botava os ovos de
ouro; a princípio, ela achou que era uma "ave gran-
de e feia", e foi o que lhe disse. Mas só até ver o que
aquela excelente criatura podia fazer por ela e por
João. Então logo mudou de tom quando viu o pri-
meiro daqueles ovos de ouro.

"Assim, João e sua mãe viveram em paz e pros-
peridade até o fim de seus dias. Ele ainda não en-
contrara a sua princesa, mas estava certo de que
isso logo aconteceria. A galinha também viveu feliz,
pois só precisava botar um ovo de ouro por ano.

"Fim."

Houve um segundo de silêncio, então vieram aplausos de-
morados. João ergueu os olhos; sua história chegara ao
fim, ele havia terminado. Sua mãe e seus irmãos todos lhe
sorriram, exultantes, da primeira fileira de cadeiras. O
Mestre pediu silêncio erguendo os braços e, por fim, o salão ficou quieto.

— Quero agradecer a João Coração Leal — disse o
Mestre — por completar, e partilhar conosco, sua grande
aventura. A dele foi a última destas seis histórias que ouvimos hoje. Histórias que começaram com um propósito
maldoso e virulento pelo traiçoeiro e agora felizmente desaparecido e banido Irmão Julius Ormestone. Mas que foram todas bravamente concluídas por nossos convidados
especiais de hoje. Toda a família Coração Leal demonstrou,
como esperado, coragem excepcional, e, naturalmente, fi-

zeram jus ao seu nobre nome. Mas não esperaríamos menos de nossa grande família aventureira.

Mais aplausos entusiasmados se seguiram.

— Quero anunciar dois fatos importantes que resultam da conclusão dessas histórias. A galinha que bota ovos de ouro, tão bravamente arrebatada àquele gigante cruel, terá aqui conosco, na Agência de Histórias, um lar seguro. Estou certo de que seus dons se provarão vantajosos para todos nós na Terra das Histórias. E que, além do mais, graças à sua generosidade grande e dourada, as histórias que acabamos de ouvir constituirão o conteúdo do primeiro de uma nova série de livros da nossa agência a ser impressa com ilustrações.

Mais aplausos estrondosos acolheram o anúncio.

Mais tarde, após uma xícara de chá comemorativa, a mãe de Tom e seus seis irmãos foram levados de volta para sua casinha perto do cruzamento. Foram conduzidos no mais grandioso estilo, na carruagem dourada especial de Cinderela, puxada por quatro cavalos brancos.

— Esta é a verdadeira, a da história mesmo, sabem, com todo esse ouro e tudo mais — disse a mãe, orgulhosa de seus filhos valentes.

Tom preferiu voltar andando pela floresta, na companhia de Joliz, o corvo.

Uma vez de volta à casa, todos os irmãos puseram as mãos à obra para preparar uma festa de aniversário surpresa atrasada para o jovem Tom. Haveria dois tipos de bolo (de maçã e de chocolate), muffins, manteiga e mel. João fez os bolos, Joca as geleias com diferentes formatos, e que eram sua marca registrada, Juca cozinhou muitas salsichas pequeninas, Jean fez uma grande travessa de sanduíches de pepino e os cortou em triângulos minúsculos, e Juan, por alguma estranha razão, decidiu fazer pudim de tapioca.

A mãe de Tom, porém, estava preocupada com ele. O menino passara por tanta agitação e correra tantos riscos, e ela pensava que agora, depois de todas as histórias terem chegado ao fim, e todos os seus irmãos estarem salvos e resgatados, ele parecia um tanto quieto, até mesmo mal-humorado e aborrecido. Por que tinha preferido, por exemplo, voltar para casa andando apenas com o amigo corvo como companhia, em vez de aproveitar a oportunidade para andar com todo mundo na maravilhosa carruagem de Cinderela?

— Vou dar uma volta — anunciou de repente a mãe quando todos estavam atarefados. Ela enfiou sua touca mais quente na cabeça e saiu na tarde fria.

Não demorou muito a encontrar Tom e o corvo. Tom caminhava pela floresta invernal com o corvo voando bem perto dele. Ia batendo em arbustos e árvores, quebrando galhos e derrubando montículos de neve no caminho. Avistou a mãe e seus olhos se encontraram por um breve momento, e ele se deteve. Ela lhe dirigiu um aceno animado e então caminhou em sua direção com os braços abertos para um caloroso abraço. Tom ficou imóvel na trilha, a neve que caía assentava delicadamente em grandes flocos em seus cabelos rebeldes. Ele parecia muito infeliz.

A mãe de Tom parou e deixou os braços penderem ao lado do corpo. Lembrou-se do quanto Tom parecera vulnerável na manhã de seu aniversário de 12 anos, o quanto lhe parecera precioso com seus cabelos rebeldes e engraçados e o pescoço fino. Alguma coisa o estava perturbando de verdade. Ela deu um passo adiante.

O corvo voou e pousou em um galho ali perto, e então sacudiu as penas.

— Não é justo — disse Tom.

— O que não é justo, Tom? Vamos, pode me falar, conte à sua pobre e velha mãe. Eu sabia que alguma coisa estava errada com você... Por que outro motivo você acha que eu viria até aqui neste frio?

— Todo mundo contou suas histórias emocionantes na Agência de Histórias — disse Tom. — Eu não tinha minha própria história para contar. Não tinha história nenhuma.

— É isso que você acha, Tom? Meu Deus — exclamou a mãe, sacudindo a cabeça. — Quem foi — continuou ela — que saiu e encontrou todos os irmãos mais velhos? Quem foi que enfrentou gigantes e vilões maquiavélicos, hein? Foi você, Tom, foi você. Quem foi que escalou um pé de feijão até as nuvens? Foi você também. Seus irmãos grandes subiram em um balão, mas você teve de subir da maneira mais difícil. Sem você, Tom, provavelmente nós nunca mais veríamos seus irmãos. Tudo dependeu de você; sem você não haveria nada, nem irmãos nem histórias. — Ela estendeu a mão e espanou a neve do cabelo dele.

— Preciso encontrar o meu pai — disse Tom bem baixinho.

— Seu pobre pai... O que o fez lembrar-se dele agora? — perguntou ela.

— Ormestone sabia algo sobre onde ele poderia estar. Ele me provocou com isso, mas agora ele também se foi.

O coração da mãe de Tom deu um salto.

— O que ele sabia sobre seu pobre pai? — indagou ela, perturbada.

— Eu não sei. Ele disse que papai estava distante. Mencionou as Terras Sombrias e que eu nunca o encontraria, e disse que eu nunca seria um aventureiro digno como meu pai ou meus irmãos.

— Quando você terminar seu treinamento, talvez você possa sair à procura de seu pobre pai — disse ela gentilmente, os olhos brilhando.

— Eu vou, mamãe, eu prometo.

Eles se abraçaram e então a mãe teve de enxugar uma lágrima.

O corvo veio e pousou no ombro de Tom.

— Não se esqueça de que você foi esperto, além de valente — disse o corvo. — Foi você quem pensou em levar aquele sapatinho de cristal conosco; foi você quem disse a Rapunzel que não cortasse os longos cabelos; foi você quem usou a espada de Joe, e aquela tesoura, e várias outras coisas. Você fez tanto, Tom, e ainda nem começou seu treinamento. Imagine que aventureiro vai ser depois disso. Vai ser o melhor aventureiro que já existiu em toda a Terra das Histórias, e esperto o bastante para encontrar seu pai.

— Verdade? — perguntou Tom.

— Verdade — respondeu o corvo.

— Acha mesmo que eu fui valente? — perguntou ele, sorrindo um pouquinho pela primeira vez desde sua volta.

— Decididamente — disse a mãe. — Vamos, já é hora de voltarmos. Vai escurecer logo e eu sei que seus irmãos estão preparando um lanche especial de aniversário para você, mas não diga a eles que eu lhe contei. Esse pode ser nosso segredo.

— Obrigado, mãe — disse Tom. — Desculpe por... você sabe... mais cedo. Foi boa a viagem na carruagem da Cinderela?

— Ah, foi linda — respondeu a mãe. — Ouro de verdade por dentro, e, por fora, tudo acolchoado com veludo cor-de-rosa.

— Parece horrível — disse Tom.

— Bem, eu gostei. Venha, tenho cinco casamentos na primavera e preciso começar a me preocupar agora, e você vai ser um pajem adorável, todo vestido de veludo branco.

— Ah, não, não vou, não — disse Tom.

— Ah, sim, vai, sim — replicou ela.

Então seguiram pelo caminho, com o corvo voando à frente, e voltaram pela floresta invernal em direção à casinha aconchegante. Tom deixou a mãe ir na frente pela trilha, e o corvo voltou e pousou em seu ombro.

— Tom — disse o corvo.

— Sim, Joliz — respondeu Tom.

— Terei de partir em breve. Gostaria de ficar mais tempo com você, mas meu trabalho chegou ao fim, e tenho outras coisas a fazer.

— Ah — disse Tom. — Está certo, então. — Ele parou de caminhar, e ave e menino se encararam.

— Você foi valente, Tom, você sabe, sua mãe estava certa. Eu disse que você precisaria de coragem e você teve, de alguma forma você a encontrou.

— E nos divertimos também, não foi?

— Foi, Tom, certamente que sim — respondeu Joliz o corvo.

— Você vai ficar longe por muito tempo? — perguntou Tom.

— Eu não sei.

— Mas vou vê-lo outra vez, não vou?

— Espero que sim, Tom, espero mesmo — disse o corvo.

— É que... — Tom fez uma pausa e engoliu o ar frio —, é que...

— O quê? — perguntou o corvo.

— É que eu... eu... — Tom hesitou — ...vou precisar ser resgatado da obrigação de ser um pajem bobo nos casamentos dos meus irmãos na primavera.

— Vou ver o que posso fazer — prometeu o corvo, e voou para o galho de uma árvore.

Tom recolheu um pouco de neve nas mãos e fez uma bola pequena e compacta. A ave falou com ele:

— Vai precisar de mais do que coragem para me acertar, Tom — disse Joliz.

Tom riu e atirou a bola de neve. Errou, e o corvo voou com um grito alegre, circulou acima da cabeça de Tom algumas vezes e então gritou:

— Até a primavera, então, jovem Tom, e algumas novas aventuras. Por ora, adeus.

— Adeus, Corvo — gritou Tom de volta, acenando enquanto a ave subia ainda mais no céu cinzento.

Sua mãe gritou mais à frente na trilha:

— Venha, Tom, ande logo. Uma cadeira confortável diante da lareira vai me fazer bem, e então você pode me contar tudo sobre a sua história.

Tom correu pela trilha para alcançá-la. A última coisa que o corvo viu dele, enquanto se afastava, foi a borda de um casaco de inverno enfunando atrás dele entre as árvores.

Quando chegaram em casa, havia um imenso lanche de aniversário para Tom. Eles até comeram todo o pudim de tapioca de Juan, embora Tom dissesse que "parecia ovas de sapo".

Finalmente a mãe foi ao andar de cima e trouxe um comprido pacote envolto em barbante e saco de ferreiro, e amarrado com fina fita de duende. Era seu presente de aniversário. Tom quase o esquecera em meio a toda a agitação e aventuras.

— Aqui está, Tom, feliz aniversário! Tome cuidado com isso e lembre-se: esteja sempre preparado, meu filho — disse ela.

Ele desembrulhou o pacote. Era exatamente o que ele havia esperado: uma espada de verdade para ele.

— Uau! — exclamou, os olhos brilhando. — Obrigado, mãe.

— Lembre-se, Tom — interveio João —, é de todos os seus irmãos também, e do nosso pobre pai, é claro.

— Ele ficaria tão orgulhoso se estivesse aqui — disse a mãe, fungando um pouco.

Tom puxou a espada lentamente da bainha. A lâmina era nova, e brilhava feito mercúrio. Quando ele experimentou o fio, viu que estava muito afiada. Então fez uma pose com a espada e investiu contra seu próprio reflexo na porta de vidro da cômoda. A lâmina era tão nova que retiniu como um sino quando roçou o vidro.

— Tenha cuidado agora, Tom — pediu ela. — Lembre-se de que isso não é um brinquedo.

— Não se preocupe, mãe — disse ele.

Tornou a embainhá-la e a prendeu ao cinto de sua túnica. Por um momento, ficou ali parado na alegre cozinha.

— Vou mostrar a todos que posso fazer isso, esperem só vocês. Vou trazer papai de volta um dia, são e salvo, mãe. Vou mesmo.

Joliz o corvo finalmente pousou, como fora combinado, perto de um carvalho velho e especial. Ele se concentrou nos sons da floresta, na noite que caía. Corujas piavam e galhos de árvores estalavam sob o peso da neve. Ele não precisou esperar muito. Logo ouviu o leve ruído dos passos de um duende. E de fato viu seu primo, o velho Cícero Brownfield, aproximando-se pela trilha. O corvo estremeceu repentinamente quando a transformação chegou ao fim. Ele saiu da sombra da árvore, sacudiu os ombros, e esticou braços e dedos. Tinha de admitir que era bom estar de volta, mas no fundo sentia-se um pouco estranho.

— Ora, ora — disse Cícero —, então aí está você. Eu me pergunto como é a vida de corvo. Você pode me contar tudo enquanto tomamos uma boa caneca de cerveja diante de um bom fogo de duende. Creio que podemos nos parabenizar pelo trabalho benfeito. Na verdade, excelente trabalho, especialmente da sua parte, jovem Joliz. — E deu um tapinha nas costas de Joliz. — Venha, precisamos ir. Logo teremos novas cartas de histórias para entregar, e muitas novas aventuras para organizar.

Os duendes partiram juntos pela floresta, movendo-se silenciosamente como sombras até serem engolidos pela luz que enfraquecia. As árvores foram deixadas ali sozinhas, tremendo um pouco em seus trajes brancos de inverno.

Mais para o norte, em algum lugar além das florestas escuras, das campinas ondulantes e das colinas arredondadas, fincado em um canto distante da Terra das Histórias, havia um lugar sombrio, distante e perdido. Lobos uivavam e o vento vociferava. Tudo era gelo, neve e um frio intenso. Os dias agora eram curtos, e restava muito pouca luz quando um balão embolado e sua alta cesta de vime à deriva por fim pararam bruscamente na encosta macia de um monte de neve. Momentos depois, uma figura tiritando, um homem todo vestido de preto, parecendo um espantalho, saiu da cesta do balão e ficou de pé, com a neve até os joelhos, fervendo com o desejo de vingança na neve congelante.

Este livro foi composto na tipologia
ClassGaramond, em corpo 11/16, e impresso em
papel off-white $80g/m^2$ no Sistema Cameron
da Divisão Gráfica da Distribuidora Record.